Der entspannte Weihnachtsmann

Sabine Seyffert

Der entspannte Weihnachts-mann

Mit Illustrationen von
Christine Brand

GONDROM

Covergestaltung: Katharina Schweissguth, München
Illustrationen: Christine Brand
Satz: Uschi Neubauer

017

ISBN – 3-8112-2669-X

5 4 3 2 1

www.gondrom-verlag.de

Inhalt

10
3
7
5

Herzlich willkommen!

Hätten Sie Lust, die Winter- und Weihnachtszeit einmal etwas entspannter als gewöhnlich zu erleben? Dem lang ersehnten Weihnachtsfest bedächtig, gut gelaunt und ohne Hektik entgegenzugehen und auch die ruhigen Tage danach gemeinsam zu genießen? Denn schließlich folgen auf Weihnachten noch viele Wochen der dunklen Jahreszeit, die sich geradezu anbieten für die stimmungsvollen Fantasiereisen, winterlichen Mitmachgeschichten und gemeinsamen lustigen Massagen, die ich Ihnen in diesem Buch vorstellen möchte. Vor allem aber finden Sie im Entspannten Weihnachtsmann Tipps und Ideen, wie Sie es sich in den Wochen rund um Advent und Weihnachten ein bisschen leichter und damit auch schöner machen können.

Als Mutter von drei Kindern weiß ich, wie schnell man besonders in der Vorweihnachtszeit in Hektik verfällt. Wie soll man da diese Zeit, die doch eigentlich so schön und geheimnisvoll sein könnte, noch richtig genießen?

Meist beginnt der »Weihnachtsstress« schon nach dem St. Martinsfest. Wo man früher zu diesen Tagen noch gemütlich beisammensaß und in aller Ruhe Laternen gebastelt und gesungen hat, drängen nun schon die Termine: Adventssingen in der Spielgruppe, weihnachtliches

Kaffeetrinken im Kindergarten, Weihnachtsfeier im Büro, weihnachtliches Basteln in der Schule, Nikolausbesuch im Turnverein, Basteln für den Weihnachtsbasar und allerhand andere wichtige Dinge, die einem im Nacken sitzen: Welchen Adventskalender bekommen die Kinder in diesem Jahr? Mit welchen Dingen wird er gefüllt? Wer besorgt den Adventskranz und den Tannenbaum? Wem schenkt man was? Dies und noch viele andere Dinge beschäftigen uns und wollen erledigt werden.

Da ich die Weihnachtszeit mit all ihrem Zauber und Kerzenschein sehr liebe und auch in vollen Zügen genießen möchte, habe ich neue Beschäftigungsideen ausprobiert, weihnachtliche Massagen entwickelt und viele winterliche Fantasiereisen erfunden, damit im Zusammen sein mit Kindern mehr Ruhe einkehrt und alle diese besinnlichen Momente in der Winterzeit entspannt und intensiv erleben können. Vielleicht gelingt es so, den Zauber, der über Weihnachten liegt, ein bisschen in die kommenden Wochen hineinzuverlängern. Im Januar geht das Schmuddelwetter oft gerade erst los und nachdem Weihnachten, das heiß ersehnte »Highlight«, vorbei ist, wird den Kindern die Zeit bis ins Frühjahr meist sehr lang.

Ich würde mich daher freuen, wenn der Entspannte Weihnachtsmann Ihre Weihnachtszeit ein bisschen verzaubert und auch in den Wochen danach immer wieder für glänzende Kinderaugen und fröhlich entspanntes Lachen sorgt.

Zauberrätseleien

Winterliche Entspannungsrätsel

Rätsel haben immer etwas Geheimnisvolles – etwas, das einen richtig neugierig macht. Und deshalb passen die Rätsel in diesem Kapitel auch wunderbar in die vorweihnachtliche Zeit, denn die ist ja schließlich auch spannend und geheimnisvoll. Und auch in den Wochen nach Weihnachten sorgen sie für reizvolles Träumen.

Entspannungsrätsel schaffen für Kinder kleine Ruhephasen, in denen sie einen Moment lang abschalten, träumen und entspannen können. Bei diesen kurzen Rätseln, die im Grunde nichts anderes sind als kleine Ausflüge ins Land der Fantasie, kommt es nicht darauf an, ob exakt die richtige Lösung herausgefunden wird, sondern vielmehr darauf, dass sich die Kinder das Erzählte gedanklich ausmalen und fantasievoll vorstellen können. Weil der Text der Entspannungsrätsel immer recht kurz und überschaubar ist, eignen sie sich besonders für jüngere Kinder oder solche, die noch keinerlei Erfahrungen mit längeren Fantasiereisen gemacht haben.

Übrigens können Sie den Text auch mit eigenen Worten sprechen; so haben Sie die Möglichkeit, noch intensiver auf die zuhörenden Kinder einzugehen. Ebenso gut können Sie die Rätsel auch einfach nur vorlesen. Wichtig dabei ist, dass Sie sich Zeit nehmen, um die Texte ruhig vorzutragen, sodass die Kinder sich das Erzählte gut in Gedanken ausmalen können. Schön ist es für die Kinder, wenn sie es sich dabei ganz bequem machen oder sich mit einer warmen Decke auf den Boden legen können. Oftmals kommen die Kinder auch nach solchen Rätseln voller Ideen ins Hier und Jetzt zurück, haben den Wunsch zu malen, zu basteln oder auf andere Weise kreativ ans Werk zu gehen.

Jedes Jahr am Weihnachtsabend bist du heiß begehrt ... Feierlich in buntes Papier gewickelt und mit einer schönen Schleife versehen, liegst du unter dem geschmückten Tannenbaum ... Die Kerzen am Weihnachtsbaum brennen und dein buntes Papier leuchtet geheimnisvoll ... Das Kind, für das du bestimmt bist, ist schon ganz gespannt ... Was wohl in dir stecken mag? Aber das wird nicht verraten ... Schließlich sollst du eine Überraschung sein ...
Aber nicht nur die Kinder bekommen am Weihnachtsabend etwas ... Sondern auch auf die Erwachsenen wartet ein tolles ...

Ein Geschenk

Was kann ich bloß schenken?

Wer kennt das nicht: Kurz vor Weihnachten bricht bei vielen die große Hektik aus und alle zerbrechen sich den Kopf: »Was kann ich bloß schenken!« Wie wäre es denn anstelle des sonst riesigen Geschenkbergs mal mit verschiedenen Gutscheinen? Beispielsweise könnte man seinem Partner/seiner Partnerin einen Gutschein für einen gemütlichen Abend zu zweit schenken (gemeinsam essen gehen, mal ohne Kinder ins Kino o.Ä.) oder auch ein ganzes »Couponheft« mit Gutscheinen (für eine Rückenmassage, eine Kissenschlacht, ein Frühstück im Bett ...). Ich habe in diesem Jahr zu meiner ganz großen Freude von einigen Verwandten Gutscheine fürs Babysitten geschenkt bekommen, sodass mein Mann und ich öfter mal einen Abend für uns alleine haben.

Die Kinder freuen sich sicher über einen Gutschein für einen Nachmittag im Freizeitbad, ein leckeres Eisessen oder einen Besuch im Marionettentheater ... Aus eigener Erfahrung weiß ich, dass sich die Kinder noch lange Zeit später daran erinnern, welches Theaterstück sie mit ihrer Tante seinerzeit gesehen haben. An andere Geschenke (Bücher, Puzzle, Spielzeug usw.) verblasst die Erinnerung meist sehr schnell. Auf diese Weise trägt man übrigens auf wundervolle Art und Weise dazu bei, dass auch über die Weihnachtszeit hinaus viel Zeit gemeinsam genutzt und genossen wird.

Stell dir mal vor, du bist ganz klein ... Und dich gibt es immer nur im Winter ... Eben dann, wenn es draußen richtig kalt ist ... Du kommst nie allein, sondern mit vielen deiner Schwestern und Brüder ... Wenn es so weit ist, fällst du vom Himmel herab nach unten auf die Erde ... Dabei bist du ganz weiß und siehst aus wie ein kleiner Wattebausch ... Dort unten auf der Erde freuen sich die Kinder, wenn sie dich sehen ... Denn wenn viele deiner Geschwister dich begleiten, können die Kinder auf der Erde wunderbar mit dir spielen ... Sie können auf euch rutschen und schliddern ... Am meisten Spaß macht es, mit dem Schlitten über euch herzuflitzen ...
Hast du inzwischen erraten, was du in diesem Rätsel gewesen bist?

Eine Schneeflocke

Stell dir vor, du hast ein ganz prächtiges, weißes Kleid an ... Deine Haare sind glänzend blond und ganz lang ... Darin trägst du ein schönes Band ... Das Schönste aber sind deine Flügel, die du auf dem Rücken trägst und mit denen du fliegen kannst ... Ganz schwerelos und unbemerkt fliegst du durch den Himmel und bewachst die Menschen unten auf der Erde ...
Wenn die Weihnachtszeit nicht mehr weit ist, schmückst du bei den Menschen die Wohnungen oder manchmal auch den Weihnachtsbaum ... Es gibt auch Kinder, die dich aus weißem Tonpapier basteln und goldene Flügel darankleben ... Kannst du dir denken, wer du bist?

Ein Engel

Dich gibt es jedes Jahr im Dezember ... Die meisten Menschen stellen dich am 24. Dezember, Heiligabend, in der Wohnung auf ... Dort stehst du dann prächtig geschmückt an einem schönen Ort, an dem dich die Menschen jederzeit betrachten können ... Oft brennen viele Kerzen an dir und schöne Kugeln schmücken deine grünen Zweige ... Du verbreitest einen wunderbaren Geruch in den Häusern und bringst etwas Grün in die Häuser der Menschen ...

Viele Kinder basteln goldene Sterne für deine Zweige oder kleine Engel, die sich dann mit jedem Luftzug leicht drehen und bewegen ...
Wenn es dann endlich so weit ist und der Weihnachtsabend da ist, werden die Geschenke unter dich gelegt, bevor alle kleinen und großen Leute die bunten, schön verpackten Päckchen aufmachen und hineinsehen dürfen ...
Was bist du wohl in diesem Rätsel?

Der Tannenbaum

Stell dir vor, es liegt ganz viel Schnee ... Die Kinder haben ihre warmen Skianzüge an, dicke Mützen und Handschuhe und ihre Füße stecken in mollig warmen Schuhen ... So geht es hinaus in den Schnee ... Überall ums Haus herum sieht alles aus, wie mit einer dicken Schicht Puderzucker bedeckt ... So viel Schnee ist in der Nacht gefallen ... Und was gibt es für Kinder Schöneres, als im Schnee zu spielen, einen Schneemann zu bauen und eine Schneeballschlacht zu machen ... Aber dann haben die Kinder irgendwann eine bessere Idee ... Sie holen ein besonderes Fahrzeug aus ihrem Keller, das meist aus Holz ist und nur bei Schnee benutzt werden kann ... Die Kinder ziehen es einen langen Hügel hinauf und setzten sich hintereinander darauf ... Mit Schwung geht es den Berg hinab ... Hui, ist das eine tolle ...

Eine Schlittenfahrt

Dich sieht man nur des Nachts ... Wenn die Sonne sich schlafen gelegt hat und der Himmel dunkel ist ... Dann stehst du am Himmelszelt, begleitet von vielen goldenen Sternchen, die mit dir über die Menschen wachen ... Manchmal bist du dick und rund ... Und an manchen Tagen bist du nur als dünne Sichel zu sehen ... Trotz- dem spendest du den Kindern am Abend angenehmes Licht, sodass sie besser einschlafen können und zur Ruhe finden ... Sobald sich die Nacht dem Ende zuneigt und sich die Sonne blicken lässt, legst du dich dann zur Ruh ... Wer ist in diesem Rätsel wohl gemeint?

Der Mond

Eigentlich sieht man dich des Nachts ... Wenn der Abendhimmel klar und wolkenlos ist ... Du blinkst dann am Himmel und leistest dem guten, alten Mond etwas Gesellschaft ... In der Weihnachtszeit schmückst du aber auch die Häuser und Wohnungen der Menschen ... Manche Menschen basteln dich aus Stroh oder goldenem Papier und hängen dich dann an den Weihnachtsbaum ... Du siehst dann sehr schön aus, weil du durch das warme Kerzenlicht ganz hell und glitzernd leuchtest ... Wenn Kinder dich auf ein Blatt Papier malen, nehmen sie meist einen gelben Stift und malen dir viele Zacken ... So kannst du am dunklen Abendhimmel besser leuchten ... Wie würdest du gerne aussehen, wenn du ein (...) wärst?

Ein Stern

Dich gibt es jedes Jahr ... Immer am ersten Dezember ... Manchmal bist du aus Papier und hast 24 kleine Türchen, die man öffnen kann ... Jeden Tag darf man dann eines der Türchen öffnen und dahinter versteckt sich ein schönes, buntes Bild ... Am 24. Dezember öffnet man das letzte Türchen ... Aber es gibt dich auch in anderer Form ... Beispielsweise in Form von kleinen Säckchen ... In allen 24 Säckchen steckt dann eine kleine Überraschung ... Zum Beispiel ein kleines Stück Schokolade, eine Mandarine oder eine Kleinigkeit zum Spielen ...

Für die Kinder gehörst du in die Weihnachtszeit einfach dazu, denn durch dich weiß man immer, wie oft man noch schlafen muss, bis es endlich Weihnachten ist ... Außerdem macht es großen Spaß, jeden Tag aufs Neue überrascht zu werden ... Im letzten Jahr hat es bei uns sogar so ein Ding für Mama gegeben, das Papa mit 24 tollen Ideen gebastelt und im Wohnzimmer aufgehängt hat ...

Wie sieht denn dein (...) in diesem Jahr aus?

Der Adventskalender

Was wäre die Adventszeit ohne dich ... Es gibt dich in vielen verschiedenen Sorten ... Mal mit viel Schokolade ... Mal mit einer dicken Schicht Zuckerguss ... Oder auch einfach mit Mandeln oder Rosinen belegt ... Am meisten Spaß macht es natürlich dich selbst zu machen ... Dafür braucht man allerhand leckere Zutaten ... Butter, Eier, Mehl und Zucker ... Manchmal knetet man etwas Marzipan in den Teig oder gemahlene Nüsse ... Etwas Zimt darf auch nicht fehlen ... Und wenn man dich zu einem Teig verknetet hat, rollt man dich aus und sticht verschiedene Förmchen aus dir ... Zum Beispiel kleine Sternchen, die man mit Eigelb bestreicht und mit bunten Zuckerperlen bestreut ... Dann wirst du im warmen Ofen goldgelb gebacken ... Es riecht dann im ganzen Haus wunderbar nach dir ... Und man möchte dich am liebsten gleich aufessen ...
Welche Sorte (...) magst du denn am allerliebsten?

Das Weihnachtsplätzchen

Winterzauber

Fantasiereisen zum Träumen

Fantasiereisen sind etwas Wunderbares. Sie ermöglichen es den Kindern, dem oft viel zu nüchternen, bodenständigen und verplanten Alltag eine Weile zu entfliehen. Dabei leben die Kinder ihre Träume und Fantasien aus und kommen zur Ruhe, was ihnen sonst häufig verwehrt bleibt.

Gerade in der oftmals hektischen und meist auch kalten Winterzeit sind solche ruhigen, besinnlichen Momente ein wahrer Genuss, den nicht nur Kinder, sondern auch Sie als Erwachsene genießen werden. Tauchen Sie mit den Kindern ein ins Land der Fantasie, lassen Sie sich verzaubern und tanken Sie dabei neue Kraft.

Bevor ich Ihnen in diesem Kapitel die winterlichen Fantasiereisen vorstelle, möchte ich Ihnen auf den nächsten Seiten einige Tipps mit auf den Weg geben, die zu einem guten Gelingen beitragen. So werden die Kinder und auch Sie selbst die Geschichten noch intensiver erleben und weiter eintauchen in den Zauber, den die Winterzeit alle Jahre wieder mit sich bringt.

Nehmen Sie sich im Dezember »frei«

Den ganzen Dezember freinehmen, das geht wohl kaum. Aber versuchen Sie doch einfach, sich möglichst viele Termine »vom Hals« zu halten und zu selektieren, was Ihnen und den Kindern wichtig ist. So haben Sie mehr Zeit, den Dezember mit Ihrer Familie zu genießen und das zu tun, wozu Sie und die Kinder gerade Lust haben: spontan einen Spaziergang durch den Winterwald machen, Plätzchen backen, Adventslieder singen, in Weihnachtsbüchern schmökern, in alten Fotoalben blättern (wie war es damals an Weihnachten?!), ein Fenster mit Schneeflocken bemalen, gemeinsam Weihnachtsanhänger basteln, Postkarten gestalten, einen Bummel über den Weihnachtsmarkt unternehmen ... Je mehr Ihr Kalender mit Terminen gespickt ist, desto weniger werden Sie Lust haben, andere Dinge zu unternehmen, die aber vielleicht mehr Spaß machen als auf die zehnte Weihnachtsfeier zu gehen!

Einige Tipps zum Ablauf

- Nehmen Sie sich viel Zeit für die Geschichten. Schließlich sollen diese ja etwas Ruhe vermitteln und für harmonische, besinnliche Momente sorgen.

- Erzählen Sie die Fantasiereisen mit ruhiger, sanfter Stimme. Deshalb ist es wichtig, dass auch Sie vorher zur Ruhe kommen und genug Zeit haben, die Geschichten zu lesen.

- Je mehr Pausen Sie zwischen den Sätzen lassen, desto mehr Gelegenheit haben die Kinder, sich das Erzählte in Gedanken bildlich und bunt auszuschmücken.

- Motivieren Sie Ihre kleinen oder auch großen Zuhörer, ihre Augen während der Geschichten zu schließen. Auf diese Weise kann man sich tiefer auf das Erzählte einlassen und sich die Dinge besser vorstellen.

- Dennoch sollten die Kinder niemals gezwungen werden, ihre Augen zu schließen. Gerade diejenigen, die zum ersten Mal Erfahrungen mit Fantasiereisen machen, haben oft Scheu, die Augen zuzumachen, weil sie nicht wissen, was dabei passiert. Nach einiger Zeit werden sie ihre Augen in der Regel ganz automatisch schließen.

- Bieten Sie Ihren Zuhörern Kissen und Decken an. Je kuscheliger es für alle ist, desto besser kann man still liegen und der Fantasiereise lauschen. Fühlt man sich nicht wohl, wird es schwer, ganz ruhig dazuliegen.

- Hilfreich ist es, den Raum etwas abzudunkeln, sodass eine behagliche Atmosphäre entsteht. Wenn gedämpftes Licht im Raum ist, fällt es den Kindern leichter, die Augen geschlossen zu halten. Wunderbar gemütliches Licht schaffen beispielsweise Lichterketten, die in der Winterzeit für wenig Geld überall zu bekommen sind, oder Kerzen. Schöne und wirklich kinderleichte Gestaltungs- und Bastelideen rund um Lichter können Sie im Kapitel Kerzenschein und Lichterglanz ab Seite 125 nachlesen.

- Der Boden sollte möglichst sauber und Spielzeugfrei sein. Oder können Sie sich zwischen einem Berg von Legosteinen, Stiften und pieksigen Kekskrümeln entspannen?!

- Lüften Sie den Raum vorab gut durch. Während der Fantasiereise atmen die Zuhörer viel intensiver ein und aus und verbrauchen dementsprechend mehr Sauerstoff. Das ist die Folge von tiefer Entspannung.

- Ebenso sollten Sie für eine angenehme Raumtemperatur sorgen, sodass während der Fantasiereise keiner friert. Denn das würde die gewünschte Entspannung in jedem Fall verhindern!

- Vor jeder Geschichte sollten Sie allen Zuhörern ausreichend Zeit geben, um es sich richtig gemütlich zu machen und zu überprüfen, ob alle auch wirklich gut liegen. Manchmal möchten die Kinder einen Knopf am Hemd öffnen, den Gürtel oder den Hosenknopf aufmachen oder die Brille zur Seite legen. Sobald dann alle ruhig sind, können Sie mit der Geschichte beginnen.

- Alle Fantasiereisen enthalten Entspannungsformeln aus dem Autogenen Training, die eine besonders tiefe und wohltuende Entspannung ermöglichen.

- Nach jeder Fantasiereise sollten die Kinder aufgefordert werden, die Geschichte durch das so genannte »Zurücknehmen« zu beenden. Das heißt, die Kinder sollen mehrmals tief ein- und ausatmen, die Hände zu festen Fäusten ballen, sich recken und strecken, damit der Körper mit all seinen Funktionen wieder aktiviert wird. Das heißt jedoch nicht, dass damit auch die gewünschte Entspannung beendet ist!

- Nehmen Sie sich nach einer solchen Fantasiereise auch Zeit, um mit den Kindern über ihre Erlebnisse zu sprechen. Oft haben sie danach das Bedürfnis, sich mitzuteilen oder in aller Ruhe ein Bild zu der Geschichte zu malen. Meist herrscht im Anschluss auch eine so ruhige, gemütliche Atmosphäre, dass man sich noch massieren kann, wofür Sie weiter hinten im Buch Anregungen finden.

Schlittenfahrt mit dem Nikolaus

Das wird gebraucht

Kissen und Decken, um es sich richtig gemütlich zu machen.

So geht's

Stell dir vor, es ist Abend und du liegst tief eingekuschelt in deinem Bett. Wie du so daliegst, klopft es leise an deine Zimmertür ...

Wer mag das sein?, denkst du. Und da öffnet sich die Tür einen Spalt breit und ein freundliches Gesicht mit einem langen, weißen Bart und einer roten Kapuze schaut zu dir herein. Du reibst dir die Augen und schaust noch einmal zur Tür: Tatsächlich! Es ist der Nikolaus!
»Guten Abend!«, begrüßt er dich freundlich und kommt herein. Leise schließt er die Tür hinter sich. »Ich wollte dich fragen, ob du mir helfen kannst. Morgen ist doch der 6. Dezember und alle Kinder warten auf ein kleines Geschenk von mir. Aber bei mir zu Haus lag so viel Schnee, dass ich lange gebraucht habe, bis ich meinen Schlitten endlich aus dem Holzschuppen ziehen konnte. Und jetzt bleibt mir nicht mehr viel Zeit, alle Geschenke zu verteilen. Würdest du so nett sein und mir in diesem Jahr helfen?«

»Na klar!«, rufst du begeistert und springst aus dem Bett. Wann bittet der Nikolaus einen schon mal um Hilfe? Schnell holst du dir einen dicken Wollpulli aus dem Schrank, schlüpfst in deinen Schneeanzug und die warm gefütterten Stiefel. Zum Schluss bindest du dir den Schal um, setzt die Mütze auf und nimmst für alle Fälle auch die Handschuh mit ...

»Von mir aus kann's losgehen!«, sagst du und folgst dem Nikolaus, der leise wie eine Katze zum Fenster schleicht und es öffnet. Dann schnackt er zweimal kurz mit den Fingern und – du traust deinen Augen kaum – vor deinem Fenster steht der Nikolausschlitten, gezogen von einem stattlichen Rentier. Er ist voll beladen mit den schönsten Geschenken. An jedem Geschenk baumelt ein kleiner Sternenanhänger, auf dem in leuchtendem Gold die Namen der Kinder stehen, für die die Geschenke bestimmt sind. Außer den Geschenken liegen auf dem Nikolausschlitten noch kleine Säckchen mit Nüssen und Tütchen mit wunderbar duftenden Plätzchen ...

»Hier, setz dich zu mir!«, sagt der Nikolaus und zeigt auf den freien Platz neben sich.

Nachdem du es dir bequem gemacht hast, legt der Nikolaus eine warme Decke auf eure Beine und dann fährt der Schlitten langsam los ...

Ihr fahrt auf dem großen Schlitten über den Abendhimmel. Die funkelnden Sterne und der Mond leuchten euch den Weg. Ein ganz kleiner Stern setzt sich sogar zu euch auf den Schlitten. Und obwohl er so klein ist, leuchtet er doch hell wie eine Laterne ...

Staunend setzt ihr eure Fahrt durch die Nacht fort, bis der Nikolaus den Schlitten zu einem kleinen Haus am Rande der Stadt lenkt. Dort hält der Schlitten an und der Nikolaus bittet dich, die Geschenke für Malte, Nele und Florian mitzunehmen. Der Nikolaus selbst nimmt einen kleinen Tannenzweig und ein Säckchen mit Nüssen vom Schlitten. Gemeinsam schleicht ihr zur Tür und legt die Geschenke davor. Wie schön das im hellen Licht des Mondes aussieht: Die drei bunten Päckchen, die mit großen, kunstvollen Schleifen versehen sind, die Sternenanhänger mit den Namen und das Säckchen mit den Nüssen, das neben dem Tannenzweig liegt ...

Auch für das Nachbarhaus direkt nebenan habt ihr einige Geschenke dabei. Hier bekommen Maja und Lina, die Zwillinge, etwas. Eines der Päckchen ist kugelrund – was da wohl drin sein mag? Der Nikolaus hat für die zwei einen kleinen Teller vorbereitet, auf dem außer Mandarinen und einigen Mandeln auch herrlich duftende Lebkuchen liegen ...

Und so fahrt ihr gemeinsam durch die Straßen der Stadt und legt vor jedes Haus eine Kleinigkeit. Dabei seid ihr ganz leise, damit euch niemand bemerkt. Schließlich sind die Geschenke vom Nikolaus immer eine große Überraschung, der die Kinder gespannt entgegensehen …

Endlich habt ihr das letzte Päckchen vor ein Haus gestellt. Müde kletterst du auf den Schlitten und kuschelst dich an den Nikolaus. Alles um dich herum ist ganz ruhig und still … Auch tief in dir kannst du die Ruhe spüren … Du merkst, wie schwer dein Körper ist … Schwer und entspannt sitzt du da und fährst auf dem Nikolausschlitten durch die Nacht … Die Decke des Nikolaus wärmt deinen Körper … Und du kannst richtig spüren, wie sich die Wärme in dir ausbreitet und dich ganz geborgen hält ... Dein ganzer Körper ist strömend warm ... Und ein ganz leichter Windhauch schaukelt den Nikolausschlitten während der Fahrt sanft und zart hin und her ... Hin und her ... Ganz ruhig und gleichmäßig wirst du geschaukelt ...

Und irgendwann fallen dir die Augen zu und du beginnst zu träumen ... du träumst von der wunderbaren Schlittenfahrt mit dem Nikolaus ... und von einem kleinen Nikolauspaket, das in deinem Zimmer auf dich wartet ...

Bitte im Anschluss nicht vergessen, die Geschichte durch das Zurücknehmen zu beenden – es sei denn, die Kinder sollen wirklich einschlafen!

Ein kleiner Tipp

Diese Fantasiereise eignet sich hervorragend zum Einschlafen. Lassen Sie die Kinder am Schluss einfach sacht in den Schlaf gleiten. Falls die Kinder noch etwas mehr Zeit zum Träumen brauchen, bevor sie einschlafen, kann man – vorausgesetzt die Kinder mögen das – ganz leise meditative Musik einblenden.

Im Winterwald

Das wird gebraucht

Kissen und Decken.

So geht's

Wenn du nun ganz bequem liegst und dich nichts mehr stört, dann höre der Geschichte zu, die ich dir heute mitgebracht habe ...

Stell dir mal vor, du machst einen gemütlichen Spaziergang durch den Winterwald ... Dein dicker Mantel hält dich warm und deine Füße stecken in warm gefütterten Stiefeln. Während du durch den hellen Wald schlenderst, freust du dich an der Ruhe und Stille um dich herum. Wie schön und friedlich es hier ist! Und der viele Schnee, der überall liegt, lässt alles in hellem, klaren Licht erscheinen.

Mit jedem Schritt, den du deines Weges gehst, hörst du den Schnee unter deinen Füßen leise, ganz leise knirschen ...

Du bekuckst dir den Schnee, der auf den Ästen und Zweigen der Bäume liegt. Es sieht aus, als wäre alles mit ganz viel Puderzucker bestreut worden, einfach wunderschön ...

Da entdeckst du auf einem Baum ein kleines, braunes Eichhörnchen. Sein weiches Fell und der buschelige Schwanz leuchten wunderbar rotbraun im Licht der Sonne, die in den Winterwald hineinscheint. Und seine kullerrunden Augen blinzeln dir freundlich zu.

Plötzlich bemerkst du in deiner Manteltasche eine Nuss. Sicherlich wird das kleine Eichhörnchen Hunger haben. Hier im schneebedeckten Wald wird es nicht viel finden, denkst du. Und so ziehst du deine Handschuhe aus und wirfst dem kleinen Eichhörnchen die Nuss vorsichtig hin. Dankbar springt das kleine Tier vom Baum und knabbert an deiner Nuss.

Als du weitergehst, siehst du einen kleinen Bach, der sich am Weg entlangschlängelt. Leise hörst du das fließende Wasser rauschen. Am Rand des Baches entdeckst du viele Eiszapfen, die glitzern und glänzen, als wären sie aus Kristall gemacht. Wie schön das aussieht ...

Auf der gegenüberliegenden Seite des Baches beobachtet dich ein kleiner Hase. Du winkst ihm freundlich zu und wünschst ihm einen guten Tag. Der Hase scheint sich darüber zu freuen und wackelt mit seinen langen Hasenohren zurück.

Dann verschwindet er wieder in seinem Hasenbau. Dort ist es nämlich wunderbar warm ...

Auch dich zieht es langsam, aber sicher nach Hause. Als du dort ankommst, nimmst du dir eine Decke und machst es dir vor dem Kamin gemütlich ...

Ganz ruhig und still sitzt du da ... Du spürst in dir eine tiefe Ruhe und Zufriedenheit ... Dein Körper ist angenehm schwer ... Es ist eine wohltuende Schwere, die du in dir spüren kannst ... Hm, die Decke und die Wärme des Kamins tun ihre Wirkung ... Du fühlst, wie die Wärme auch in dir fließt und sich strömend ausbreitet ... Wohlige Wärme durchströmt deinen ganzen Körper und hält dich nicht nur warm, sondern auch ganz geborgen ... Und während du dasitzt, kannst du mit einem Mal auch fühlen, wie durch die Wärme wieder neue Kraft und Energie in deinen Körper kommt ... Nimm so viel neue Kraft in dir auf, wie du gerade brauchst ...

Wenn du nun genug neue Kraft gesammelt hast, komme mit deiner Aufmerksamkeit langsam ins Hier und Jetzt zurück ... Atme einige Male tief ein und aus ... Balle deine Hände zu festen Fäusten ... Recke und strecke dich ... Und öffne dann nach deinem eigenen Tempo deine Augen, wenn du dazu bereit bist ...

Ein kleiner Tipp

Wenn bei Ihnen gerade Schnee liegt, unternehmen Sie doch gemeinsam einen kleinen Ausflug in den Winterwald. Oder was halten Sie von warmem Kakao mit Sahne? Machen Sie es sich gemeinsam gemütlich und erzählen Sie sich, wie Sie sich in diesem Jahr das Weihnachtsfest vorstellen, oder die Erwachsenen berichten von ihrem schönsten Weihnachten aus Kindertagen.

Mit den Schneeflocken unterwegs

Das wird gebraucht

Kissen und Decken, ein kleiner Wattebausch für jeden kleinen und großen Zuhörer.

So geht's

Wenn du nun deine Augen schließt, stell dir doch mal vor, du liegst auf einer weichen, ganz kuscheligen Wolke und ziehst langsam und ohne jede Eile am hellblauen Himmel dahin ...
Während du durch die Lüfte dahinschwebst, wird der Himmel immer heller und plötzlich entdeckst du eine winzig kleine Schneeflocke, die zu dir auf die Wolke herunterrieselt ...

»Hallo!«, singt die kleine Schneeflocke mit ganz heller, wohlklingender Stimme. »Sollen wir zusammen durch den winterlichen Himmel schweben?«
Warum eigentlich nicht, denkst du und nickst der kleinen Schneeflocke freudig zu. Die kleine Schneeflocke kommt zu dir herübergeschwebt und fliegt einmal um deinen Kopf herum ...

»So«, sagt sie. »Nun kannst du unbeschwert mit mir fliegen!«

Du schaust staunend an dir hinunter. Du stehst da in einem weißen, langen Kleid, das an den Rändern mit wunderschöner Spitze besetzt ist. Deine Füße stecken in silbernen, warmen Schuhen, die so zierlich und fein verarbeitet sind, dass sie aussehen wie zarte Eiskristalle – einfach toll!

»Kann's losgehen?«, fragt dich die kleine Schneeflocke.

»Na klar!«, antwortest du und staunst immer noch über dein zauberhaftes Winterkleid. Du siehst aus wie eine richtige Schneeflockenprinzessin/wie ein richtiger Schneeflockenprinz.

So verlasst ihr die weiße Wolke und rieselt ganz gemächlich und sachte als Schneeflocken vom Himmel herab.

Und dabei entdeckst du, dass ihr gar nicht mehr alleine seid. Überall um euch herum schweben viele andere Schneeflocken vom winterlichen Himmel. Es gibt kleine und große Schneeflocken ... Dicke und dünne ... Schneeflocken, die schneeweiß sind ... Und wieder andere haben einen silbernen Schimmer ...

Plötzlich beginnen die Schneeflocken wie kleine Glöckchen zu klingen und fassen sich an den Händen. Gemeinsam tanzt ihr einen winterlichen Reigen am Himmel. Und das zarte Klingen wirkt ganz beruhigend auf dich. Es ist einfach wunderschön ...

Dann tanzt jede Schneeflocke für sich ... Und du genießt dabei die tolle Aussicht, die du von hier oben, vom winterlichen Himmel, hast. Was es hier alles zu sehen gibt ...

Da kommt ein kleiner Wind daher. Er möchte gerne mit euch spielen und pustet euch so sanft und freundlich zu, dass ihr munter am Him-

mel herumwirbelt. Nur ganz sacht, sodass es riesig Spaß macht und ihr leise kichern müsst ...

Vor lauter Übermut kitzelst du den kleinen Wind an seiner großen Nase, bis er schließlich niesen muss ... Hui, das hat vielleicht im Bauch gekitzelt ...

Und nun entdeckst du unter euch eine Wiese, auf der schon einige Schneeflocken gelandet sind. Ganz sanft deckt ihr bei der Landung die Wiese mit ihren Blumen zu, sodass sie den Winter sicher überstehen und von euch ganz warm und sicher gehalten werden ...

Du bist in einem schönen Blumenkelch gelandet. Ist das gemütlich hier drinnen! Und so machst du es dir bequem und schließt die Augen. Der Schneeflockenflug hat dich müde gemacht ... Ganz ruhig und vollkommen entspannt liegst du in dem Blumenkelch und fühlst dich rundherum wohl und geborgen ... Du spürst eine wohltuende Schwere in deinem Körper ... Besonders deutlich spürst du die Schwere in deinen Armen und Beinen ... Völlig schwer fühlen sich deine Arme und Beine an ... Und die Blätter der Blume sind wohlig warm ... Eines der Blätter umhüllt dich wie eine warme Decke ... Du kannst richtig spüren, wie die wohltuende Wärme durch deinen Körper strömt ... Alles ist warm, wohlig warm ...

Und so liegst du eine ganze Zeit lang da, bis wieder neue Kraft in dir fließt und du dich vollkommen erholt und ausgeruht fühlst ...

Die Geschichte bitte nach einiger Zeit durch das Zurücknehmen beenden!

Ein kleiner Tipp

Verteilen Sie an jedes Kind vor dem Zurücknehmen eine kleine Schneeflocke in Form eines kleinen, weißen Wattebausches. So hat jeder eine nette Erinnerung an diese lustige Schneeflockenreise. Im Anschluss kann man die Kinder auch eine winterliche Schneeflockencollage malen und basteln lassen. Oder vielleicht möchten die Kinder sich lieber etwas bewegen und einige »Schneeflockenspiele« mit der Watte machen! Möglichweise liegt bei Ihnen ja auch gerade Schnee im Garten, sodass man eine Weile draußen im Schnee spielen kann!

Einfach mal raus

Für mich ist Weihnachten zu Hause einfach am schönsten. In meinem Bekanntenkreis gibt es jedoch auch einige, die dem Weihnachtsstress lieber entfliehen und über Weihnachten verreisen: in ein Hotel, einen Gasthof – wo für einen gesorgt wird und man nicht selbst kochen, putzen, organisieren muss! Es muss sicher nicht jedes Jahr sein, aber es wäre mal eine entspannte Alternative. Vielleicht finden sich ja sogar einige Verwandte oder Freunde, die Lust haben mitzukommen, sodass man gemeinsam feiern und sich verwöhnen lassen kann.

Eine Reise zu den Sternen

Das wird gebraucht

Kissen und Decken, einen kleinen, im Dunkeln leuchtenden Stern für jedes Kind.

So geht's

Wenn du nun ganz gemütlich daliegst und dich nichts mehr stört, möchte ich dich gerne zu einer kleinen Reise einladen ...
Schließe einfach deine Augen und stell dir einmal vor, es ist eine sternenklare Nacht. Der gute, alte Mond steht groß und rund oben am Himmel und wacht über die Menschen ...

Du stehst an deinem offenen Kinderzimmerfenster und schaust nach draußen. Da kommt ein kleiner Stern vorbeigeflogen.

»Guten Abend!«, begrüßt er dich freundlich. »So spät noch wach? Hast du Lust auf eine kleine Reise zu den Sternen?« Wie spannend, freust du dich und nickst dem kleinen Stern gut gelaunt zu. Und da leuchtet der kleine Stern dreimal ganz hell auf ...

Vor deinem Fenster blinken und leuchten plötzlich unzählige Sterne, die sich fest an den Händen halten und dich bitten Platz zu nehmen. So steigst du vorsichtig auf den goldenen Teppich aus Sternen hinauf und bist ganz überrascht, wie schön und gemütlich es ist, auf lauter

Sternen durch den Abendhimmel zu schweben. Die Sterne sind wunderbar warm und halten dich ganz sicher und geborgen ...

Vorsichtig erhebt sich der leuchtende, warme Sternenteppich mit dir in die Lüfte. Sacht, ganz sacht fliegt ihr dem leuchtenden Mond entgegen ...

Und auf dieser Reise mit den Sternen hörst du ein leises, zartes Klingen. Es ist das Klingen der vielen Sterne, das man jedes Mal hört, wenn diese sich berühren. Es klingt wie eine wunderschöne Melodie. Ein Lied, das die Sterne nur für dich spielen ...

Auf einmal entdeckst du in einiger Entfernung einen anderen Sternenteppich, der ebenso hell und warm am Abendhimmel leuchtet wie der Teppich, auf dem du sitzt. Und du traust deinen Augen kaum – auf dem anderen Sternenteppich sitzt dein bester Freund/ deine beste Freundin!

Fröhlich winkt ihr euch zu und freut euch, dass ihr euch hier am abendlichen Himmel auf der Reise mit den Sternen trefft.

Eine ganze Weile fliegt ihr staunend nebeneinander her. Es ist so angenehm still hier oben. Keine lauten Geräusche oder Lärm, den man tagsüber sooft hört. Alles ist ganz friedlich.

Als ihr endlich beim Mond angekommen seid, zwinkert er euch zu und fasst mit jeder Hand einen Zipfel eures Sternenteppichs an. So schaukelt der gute, alte Mond euch eine Weile ganz sacht und liebevoll hin und her ...

Wie in einer Wiege, denkst du und beginnst vor dich hinzuträumen ... Ganz ruhig und entspannt liegst du da ... Es ist schön, so eine tiefe Ruhe in sich zu spüren, findest du ... Und dann merkst du die Müdigkeit in dir ... Dein ganzer Körper ist schwer, angenehm schwer ... Besonders deutlich spürst du die Schwere in deinen Armen und Beinen ... Spüre mal, wie schwer sich deine Arme und Beine anfühlen ... Und die strahlende Wärme der vielen Sterne, auf denen du ganz geborgen liegst, strömt in deinen Körper ... Strömende Wärme fließt durch deinen Körper ... Wie gut das tut ... Genieße die angenehme Wärme einen Moment lang ...

Und dann spürst du wieder das sanfte Wiegen des Mondes ... Hin und her ... Hin und her, ganz ruhig und gleichmäßig ... Genauso ruhig und regelmäßig fließt dein Atem in dir ein und aus ... Ein und aus ...

Bis dich die Sterne wieder wohlbehalten nach Hause zurückfliegen und dich vorsichtig in dein kuscheliges Bett legen, das schon auf dich gewartet hat. Ein kleiner, ganz besonders warmer Stern legt sich noch eine Weile auf deinen Bauch ... Ist das vielleicht schön ... Schlaf gut und träum was Schönes ...

Ein kleiner Tipp

Diese Geschichte eignet sich besonders gut zum Einschlafen, kann aber auch ebenso gut tagsüber zu einer entspannenden Pause genutzt werden. Dann bitte anschließend wieder zurücknehmen.
Wenn ich mit Kindern eine Fantasiereise mache, freuen sie sich immer besonders, wenn sie etwas bekommen, was sie noch lange an diese Geschichte erinnert und ihnen hilft. Zur Sternenreise verteile ich an die Kinder meist kleine Sterne, die im Dunkeln leuchten und ihnen die Angst vor der Dunkelheit und dem Einschlafen nehmen. Man kann diese Sterne einfach am Bett oder an der Wand anbringen. In der Regel lassen sie sich auch problemlos wieder von der Tapete abmachen.
Diese entspannende Reise zu den Sternen ist auch ein schöner Anlass, in der Vorweihnachtszeit einen Ausflug zur nächstgelegenen Sternwarte zu machen. Dort werden meist auch tolle Vorführungen speziell für Kinder angeboten.

In der Weihnachtswerkstatt

Das wird gebraucht

Kissen und Decken.

So geht's

Schließe nun deine Augen, mach es dir bequem und stell dir einmal vor, du machst heute einen ganz besonderen Ausflug. Einen Ausflug in die Weihnachtswerkstatt! Und so stehst du vor einem großen Tor, das du vorsichtig öffnest ...

Hinter dem Tor liegt ein riesiger Raum, in dem allerhand Leute arbeiten und sehr fleißig sind. Es gibt einige Engel mit goldenen Flügeln, die mithelfen, die Weihnachtsgeschenke fertig zu bekommen. Dann arbeiten hier die kleinen Weihnachtswichtel, die fast aussehen wie der Weihnachtsmann, nur viel kleiner. Und ihre lustigen Zipfelmützen sind auch nicht nur rot, sondern einige tragen blaue oder auch grüne Mützen, deren Zipfel beim Arbeiten eifrig hin und her wackeln. Außerdem entdeckst du noch den Weihnachtsmann, der nach dem Rechten schaut, sowie die Rentiere vom Weihnachtsmann, die damit beschäftigt sind, allerhand Weihnachtsplätzchen zu backen. Und weil dir der Duft der warmen Plätzchen in die Nase steigt, gehst du zu ihnen hinüber, um ein wenig mitzuhelfen ...

Du rollst mit dem Nudelholz den braunen Lebkuchenteig aus. Einer der Weihnachtsengel sticht aus dem Lebkuchenteig große Herzen aus, die mit Mandeln und allerlei leckeren Früchten belegt werden. An einem anderen Tisch werden die fertigen Lebkuchenherzen vom Weihnachtsmann mit roten Bändern versehen, sodass man sie als weihnachtliche Dekoration an den Tannenbaum hängen kann.

Außerdem bäckt eine kleine Maus Mandelmakronen und süße Pfefferkuchen. Sie lässt dich von ihren Plätzchen probieren. Sie schmecken großartig und sind sogar noch warm ...
Dann schaust du dich weiter um. In einer Ecke der Weihnachtswerkstatt gibt es allerhand Spielzeug. Hier sind die kleinen Weihnachtswichel ganz eifrig am Werk. Einer von ihnen zimmert gerade eine Holzeisenbahn, die sich ein Kind zu Weihnachten gewünscht hat. Ein anderer feilt Bauklötze ganz glatt und fein, die ein dritter kunterbunt anmalt.

Ein Weihnachtsengel sitzt mit am Tisch und ist gerade dabei, einen Teddybären fertig zu nähen. Der Teddy hat eine rote Weihnachtsmütze auf, wie es sich für einen richtigen Weihnachtsbären eben gehört. Und da siehst du zwei Wichtel, die eine kleine Puppenwiege aneinander geschraubt haben und nun damit beschäftigt sind, einen bunten Stoffhimmel an der Wiege anzubringen. Wie gemütlich die kleine Wiege aussieht. Man möchte sich am liebsten hineinkuscheln ...

Ein Engel nimmt dich an die Hand und führt dich in eine kleine Kammer der Weihnachtswerkstatt, in der es wunderbar glänzt, glitzert und funkelt. Hier sind in aller Stille die Sternenkinder zu Gange und putzen die Sterne, mit denen an Heiligabend der Weihnachtsbaum geschmückt wird. Ein Stern glitzert schöner als der andere. Wie schön es hier aussieht und wie ruhig es hier ist ...

Du nimmst in einem gemütlichen Sessel Platz, den dir der Weihnachtsengel zeigt. Ein kleines Sternenkind bringt dir eine dunkelblaue Decke, auf der goldleuchtende Sternchen zu sehen sind. Mit dieser warmen, wunderschönen Decke kuschelst du dich gemütlich ein ...

Staunend und ganz fasziniert schaust du den vielen Sternenkindern zu, wie sie die blank geputzten Sterne an den Weihnachtsbaum hängen. Dazwischen leuchten hell die Kerzen und lassen alles in einem klaren, ganz warmen Licht erscheinen ...

Du spürst die Stille im Raum und bist selbst auf einmal ganz ruhig, gelassen und vollkommen entspannt ... Ganz schwer und entspannt sitzt du da, eingekuschelt in deine warme Sternendecke ... Du spürst die Schwere in deinen Armen und Beinen ... Warm, ganz warm hält dich die Decke, die das kleine Sternenkind dir gegeben hat ... Die wohltuende Wärme durchströmt deinen ganzen Körper ... Alles in dir ist warm, wohlig warm ... Du fühlst dich rundherum wohl und ganz geborgen ...

Und so schließt du deine Augen und träumst von dem bevorstehenden Weihnachtsfest ...

Bitte die Geschichte nach einiger Zeit wie gewohnt durch das Zurücknehmen beenden!

Ein kleiner Tipp

Lassen Sie die Kinder doch im Anschluss ein Bild von »ihrer« Weihnachtswerkstatt malen oder einen Wunschzettel für Weihnachten anfertigen – vielleicht hat diese Fantasiereise ja den einen oder anderen Wunsch in den Kindern geweckt ...

Im Tannenwald – Duftreise

Das wird gebraucht

Kissen und Decken sowie eine Duftcreme.

Herstellung der Duftcreme

Um die Duftcreme für diese nasenverwöhnende Fantasiereise herzustellen, brauchen Sie etwa einen Teelöffel einer duftneutralen Creme, beispielsweise Linolafett oder einfach Vaseline. (In Läden wie »Spinnrad«, Colimexfilialen oder der Apotheke finden Sie auch preisgünstige Alternativen oder Sie nutzen einfach »Salbengrundlage«.)

Zusätzlich benötigen Sie hundertprozent naturreines ätherisches Öl, das an Waldduft erinnert. Sehr gute Erfahrung habe ich mit den ätherischen Ölen der Firma Primavera gemacht. Duftrichtungen könnten sein: Douglasfichte, Fichtennadeln, Himalayatanne, Kiefernnadeln, Latschenkiefer, Weißtanne oder die weihnachtliche Duftmischung »Winterwald«. Machen Sie mal eine »Schnupperprobe« und testen aus, welcher Geruch Ihnen am ehesten zusagt. Gerade diese Düfte sind recht »schwer« und intensiv, weniger ist also mehr!

Mischen Sie zwei, maximal drei Tropfen des ätherischen Öls in die Creme und rühren Sie diese am besten mit einem Plastiklöffel oder sauberen Holzspatel durch.

Die Duftcreme sollten Sie luftdicht und vor Sonnenlicht geschützt aufbewahren. In der Regel ist eine solch kleine Menge aber recht schnell verbraucht.

So geht's

Heute möchte ich euch zu einer ganz besonderen Fantasiereise einladen – einer Duftreise. Deshalb gehe ich jetzt von einem Kind zum anderen. Jeder, der den Duft der Creme mag, darf sich einen kleinen Tupfen der Duftcreme unter die Nase reiben ...

Ganz wichtig

Lassen Sie die Kinder vorher an der Duftcreme riechen. Wenn ihnen der Duft nicht zusagt und gefällt, sollten sie besser auf die Creme verzichten. Die Fantasiereise funktioniert auch ohne eine solche Creme. Die Kinder sollten immer für sich selbst entscheiden, was sie mögen und was nicht!

So, dann macht es euch gemütlich und kuschelt euch tief in die Decken. Jeder lässt sich so viel Zeit, wie er braucht, und horcht noch einmal einen Moment in sich hinein, ob er auch wirklich ganz bequem liegt und ihn nichts mehr stört ...

Dann schließe nun deine Augen und begleite mich auf eine wunderbare Reise. Stell dir doch einmal vor, es ist ein freundlicher Tag im Dezember, kurz vor Weihnachten ... Der Himmel ist hellblau und sogar die Sonne scheint. So ziehst du dich warm an und machst dich auf den Weg ...

Du schlenderst durch den Tannenwald, der vom hellen Licht der Sonne ganz freundlich wirkt. Bei jedem Schritt spürst du den Waldboden unter dir. Es fühlt sich ganz toll an, auf den Tannennadeln zu laufen. So weich, und man hat das Gefühl, der Waldboden trägt einen ganz sanft ...

Am schönsten ist die Luft hier im Tannenwald. Du nimmst den wunderbaren Duft der tiefgrünen Nadelbäume in dir auf. Schnupper einmal, wie gut die Tannen riechen ...

Du hörst das leise Singen der Vögel. Ob sie wohl Weihnachtslieder zwitschern?, fragst du dich. Es ist einfach schön hier. Und während du weitergehst, sammelst du einige besonders schöne Tannenzapfen und nimmst sie mit ...

Nach einiger Zeit kommst du an eine kleine Lichtung. Auf der liegt allerhand Tannengrün herum. Du suchst dir ein paar der Zweige aus und riechst daran. Auch sie riechen wunderbar nach Tannenwald ...

Schließlich machst du dich auf den Heimweg.
Als du zu Hause ankommst, stellst du die Tannenzweige in eine große Vase. Die Tannenzapfen umwickelst du an den Enden mit ein wenig Draht, sodass du sie an roten Bändern an die Tannenzweige hängen kannst.

Wie schön die geschmückten Zweige aussehen. Und nun riecht es auch zu Hause wie eben im Tannenwald. Du atmest die gute Luft und den Geruch tief ein ...

Und so machst du es dir gemütlich und legst dich neben die Tannenzweige auf eine warme Decke ... Ganz ruhig und vollkommen entspannt bist du nun ... Du spürst eine angenehme Schwere in deinem Körper ... Besonders schwer fühlen sich deine Arme und Beine an ... Schwer, ganz schwer liegen sie auf der warmen, weichen Decke ... In dir strömt eine wohltuende Wärme ... Diese Wärme breitet sich in dir aus und fließt in deine Arme und Beine hinein ... Strömend warm sind deine Arme und Beine ... Das fühlt sich wunderbar an und tut gut ... Und da strömt auch wieder der wunderbare Duft des Tannenwalds in deine Nase und lässt dich ganz tief entspannen ... Du bist rundherum zufrieden und glücklich ...

Nach einiger Zeit die Kinder bitten, die Übung nach ihrem eigenen Tempo wieder zurückzunehmen.

Ein kleiner Tipp

Stellen Sie nach dieser Duftreise gemeinsam mit den Kindern eine Vase mit Tannengrün auf, die Sie zusammen schmücken und dekorieren. Oder lassen Sie jedes der Kinder einen kleinen Tannenzweig aussuchen, den es dann in aller Ruhe anfassen, befühlen und »beschnuppern « darf. Man könnte aus dem Tannengrün auch eine schöne »Mitte« legen, bevor die Duftreise beginnt, so hätte man gleich eine passende, stimmungsvolle Hinführung – besonders, wenn man dazwischen noch einige Tannenzapfen, Weihnachtskugeln, Sterne oder eine brennende Lichterkette legt.

Auf dem Weihnachtsmarkt – Duftreise

Das wird gebraucht

Kissen und Decken sowie eine selbst hergestellte Duftcreme, in die Sie einen Tropfen ätherisches Öl Honig und einen Tropfen ätherisches Öl Zimt hineinrühren. (Siehe Anleitung auf Seite 47.)

So geht's

Schließe nun deine Augen und spüre noch einmal nach, ob du auch wirklich ganz bequem liegst. Wenn dich jetzt gar nichts mehr stört, dann lausche gespannt der Geschichte, die ich dir heute erzählen möchte ...

Stell dir vor, es ist Abend. Und heute Abend hast du etwas ganz Schönes vor, du möchtest nämlich eine Runde über den Weihnachtsmarkt schlendern. So bist du mollig warm angezogen und hörst schon aus der Ferne die Geräusche des Weihnachtsmarktes. So ein Weihnachtsmarktbesuch ist immer etwas ganz Besonderes.

Als du an dem ersten Stand ankommst, strömt dir schon der Duft von weihnachtlichem Honigkuchen, Pfeffernüssen und Lebkuchen in die Nase. Wie gut das riecht! Du atmest den köstlichen Geruch ein und freust dich ...

Ganz gemütlich bummelst du weiter und schaust dir alles an, was es hier zu sehen gibt. An einem Stand funkelt allerlei Schmuck für den Weihnachtsbaum. Du entdeckst tolle, glitzernde Kugeln in allen erdenklichen Farben. Es gibt sogar Weihnachtskugeln aus Glas, in denen sich das Licht der vielen Kerzen und Lichterketten spiegelt ...

Außerdem gibt es auf dem Weihnachtsmarkt allerhand tolles Spielzeug aus Holz, Spieluhren, die die schönsten Weihnachtslieder spielen und sich dabei munter im Kreis herumdrehen, und natürlich weihnachtliche Naschereien ...

So kaufst du dir an einem Stand einen Honigkuchen, der mit Mandeln verziert ist. Hm, wie gut er riecht ... Und dazu trinkst du einen Becher warmen Honigpunsch. Der schmeckt wunderbar nach Honig und Zimt. Und während du den köstlichen Punsch trinkst, wird es dir richtig schön warm ...

Zu guter Letzt fährst du noch eine Runde mit der Weihnachtsbahn. Diese kleine Bimmelbahn ist die Attraktion auf dem Weihnachtsmarkt. Ein freundlicher Weihnachtsmann sitzt vorne in der Lokomotive und fährt alle Kinder und manchmal auch Eltern um den ganzen hell erleuchteten Weihnachtsmarkt herum ... Es ist einfach toll, in dem kleinen Zug zu sitzen und sich von dort aus noch einmal alles ganz genau anzusehen, den weihnachtlichen Klängen zu lauschen und vor allem die wundersamen Weihnachtsgerüche zu riechen ... Wie du so gemütlich dasitzt, spürst du eine große Ruhe in dir ... Du bist vollkommen ruhig und entspannt ... Dabei merkst du eine angenehme Schwere in Armen und Beinen ... Ganz deutlich kannst du die Schwere in dir spüren ... Und dann fühlst du auf einmal die Wärme ... Besonders warm ist dein Bauch von dem leckeren Honigpunsch ... Du genießt die strömende Wärme in dir und es geht dir gut ...

Schließlich kehrst du glücklich und zufrieden nach Hause zurück ...

Bitte wie gewohnt die Übung durch das Zurücknehmen beenden!

Ein kleiner Tipp

Nehmen Sie die Geschichte doch als Anlass, spontan eine kleine Runde über den nächstgelegenen Weihnachtsmarkt zu drehen. Genießen Sie die Geräusche und zauberhaften Düfte des Weihnachtsmarktes und nehmen Sie sich einfach heute mal frei!

Ich wünsche mir Zeit ...

Eine meiner besten Freundinnen hatte neulich Geburtstag. In diesem Jahr wollte sie von niemandem Geschenke haben, sondern nur »Zeit«, um sie mit Familie und Freunden zu verbringen. Diese Idee hat mir ausgesprochen gut gefallen, da solche »Geschenke« viel persönlicher sind und es einfach schön ist, Zeit mit Leuten zu verbringen, die man mag. Aus diesem Grund möchte ich Ihnen diese Idee besonders für Weihnachten mit auf den Weg geben. Unter anderem kamen folgende Ideen und Gutscheine bei meiner Freundin an:

- ein gemeinsames Frühstück in einem tollen Bistro,
- ein Theaterbesuch,
- ein Besuch einer interessanten Ausstellung,
- ein netter Fondueabend,
- ein Wandernachmittag mit Freunden,
- ein Gutschein für einen Tag im Fitnessstudio,
- ein gemütlicher Spieleabend,
- ein Kaffeekränzchen mit selbst gebackenen Waffeln mit Sahne.

In der Weihnachtsbäckerei – Duftreise

Das wird gebraucht

Kissen und Decken sowie eine selbst hergestellte Duftcreme, in die Sie bitte jeweils einen Tropfen reines ätherisches Honig-, Anis- und Orangenöl hineinrühren. Ebenso gut kann man reines Vanilleöl nehmen oder andere Düfte, die Sie in der Weihnachtszeit in Keksen finden, oder Gewürze, die Sie beim Backen von Weihnachtsplätzchen häufig verwenden.

Natürlich können Sie auch nur ein einziges Öl für die Duftcreme benutzen. Mehr als drei Öle sollten aber nicht in einer Duftcreme benutzt werden. (Siehe auch Anleitung Seite 47.)

So geht's

Schließe nun deine Augen und spüre einen Moment lang, wie du ganz ruhig und entspannt daliegst ... Magst du mich heute mal in die Weihnachtsbäckerei begleiten? Dort gibt es allerhand tolle Sachen, du wirst schon sehen! Stell dir einfach vor, du stehst in einer gemütlichen Stube, in der es wunderbar riecht ...

In dieser Stube stehen einige Tische aus hellem Holz. Und in einer Ecke bollert ein großer Ofen, von dem angenehme Wärme ausgeht. Um die Tische herum stehen kleine und große Bäcker. Die meisten von ihnen haben richtig dicke Bäuche vom vielen Teignaschen und Plätzchenprobieren. Auf ihren Köpfen sitzen tolle, weiße Bäckermützen, an ihren Bäckerhemden glänzen silberne Knöpfe und ihre weiten Plusterhosen sind schwarzweiß kariert. Aber das gehört sich für Bäcker schließlich auch so ...

All die vielen Bäcker sind fleißig damit beschäftigt, Plätzchen, Weihnachtstorten, Lebkuchenhäuser und Baumschmuck aus süßem Teig herzustellen. An einem der Tische bereiten zwei Bäcker den ganzen Teig vor.

Der eine schüttet Eier, Butter, Zucker, Mehl, Honig, Mandeln und Zimt in eine Schüssel und knetet die Zutaten zu einer großen Teigkugel.

Diese Teigkugel holt sich ein Bäcker mit dicker Nase und roten Wangen vom Nebentisch. Er streut Mehl auf den Tisch, rollt den Teig aus und sticht viele Monde aus dem Teig heraus. Ein anderer der Weihnachtsbäcker legt die Monde auf ein großes Backblech und schiebt die Plätzchen in den warmen Ofen, wo sie dann zu goldgelben, knusprigen Monden fertig gebacken werden.

Dabei strömt dir immer wieder der lecker-köstliche Plätzchenduft in die Nase ...

An einem anderen Tisch reibt ein Bäcker eine kullerrunde Orange auf einer Reibe. Das riecht ganz frisch und fruchtig. Diese geriebene Orangenschale wird für einen anderen Plätzchenteig gebraucht, der zu Orangenplätzchen gebacken wird. Dafür werden Kreise aus dem Teig ausgestochen und zwischen zwei kommt ein wenig Orangenmar-

melade. Du darfst eines der fertigen Orangenplätzchen probieren. Hm, es riecht und schmeckt herrlich nach Orange, – lecker ...

Nun darfst du beim Zubereiten der Mandelmakronen helfen. In jede Makrone drückst du eine Mandel hinein, bevor die Plätzchen in den Ofen kommen. Du gibst dir ganz viel Mühe dabei und riechst den wunderbaren Duft von Zimt ...

Da entdeckst du einige Bäcker, die an einem langen Tisch sitzen und damit beschäftigt sind, kleine Lebkuchenhäuser zu backen. Die Lebkuchenplatten, die schon fertig gebacken sind, werden mit reichlich Zuckerguss zu einem kleinen Häuschen zusammengesetzt und mit allerlei Süßigkeiten verziert: bunte Zuckerperlen, Gummibärchen, Schokostreusel, bunte Bonbons, lustige Lakritzstäbchen und all die Dinge, die Kinder heiß und innig lieben ...

Eines der Lebkuchenhäuser darfst du ganz allein mit lauter süßen Sachen verzieren ...

Schließlich ist es Zeit, nach Haus zu gehen. Einer der Bäcker fährt dich auf einem großen Schlitten heim. Du nimmst auf dem Schlitten Platz und wirst mit einem warmen Fell zugedeckt. Dann geht es los und der Schlitten gleitet fast lautlos über den schneebedeckten Weg ...

Du bist vollkommen ruhig und ganz entspannt ... In dir spürst du eine tiefe Zufriedenheit und Ruhe ... Dein Körper ist müde und angenehm schwer ... Ganz schwer fühlen sich deine Arme und Beine an ... Und das Fell, in das du fest eingemummelt bist, hält dich ganz warm und geborgen ... Die Wärme spürst du auch in deinen Armen und Beinen ... Ganz warm sind deine Arme und Beine nun ... Die Wärme verteilt sich in deinem ganzen Körper ... Es ist wunderschön, diese Wärme in sich zu spüren ...

Und schließlich kommst du gut erholt und glücklich zu Hause an. Der Bäcker, der dich heimgefahren hat, schenkt dir zum Abschied und als Dank für deine Hilfe das Lebkuchenhaus, das du verziert hast. Eine großartige Erinnerung an diesen tollen Tag in der Weihnachtsbäckerei. Und da das Lebkuchenhaus so wunderbar riecht, wird es dich noch lange an diesen Ausflug erinnern ...

Bitte die Geschichte durch das intensive Zurücknehmen beenden!

Ein kleiner Tipp

Wenn Sie gerne backen, basteln Sie doch gemeinsam, beispielsweise am nächsten Adventswochenende, ein richtig tolles Lebkuchenhaus, von dem später alle naschen dürfen. Übrigens kann man solche Lebkuchenhäuser auch als »Bausatz« kaufen. Man braucht die Lebkuchenplatten nur noch mit dickflüssigem Zuckerguss zusammenkleben und dann nach eigenen Ideen, Zutaten und Vorstellungen bekleben!

Wenn Schneeflocken tanzen

Mitmachgeschichten zum Bewegen und Entspannen

Viele Kinder leiden in der heutigen Zeit unter Bewegungsmangel – besonders in den dunklen, ungemütlichen Herbst- und Wintermonaten, wenn das Wetter es oft nicht zulässt, ausgiebig draußen zu spielen und sich einmal richtig auszutoben.

Sicherlich erheben die Mitmach- und Spielgeschichten in dem nun folgenden Kapitel in keinster Weise den Anspruch, Spiele und Spaziergänge an der frischen Luft zu ersetzen. Vielmehr sollen sie für die Kinder Anregung sein, wie man sich bei schlechtem Wetter auch drinnen etwas Bewegung verschaffen kann.

Denn Kinder haben nun mal einen sehr ausgeprägten Bewegungsdrang und man sollte ihnen die Möglichkeit geben, diesen den Bedürfnissen entsprechend auszuleben. Je mehr die Kinder sich frei bewegen und austoben können, desto ausgeglichener werden sie sein. Einige Tipps zur Handhabung finden Sie auf der nächsten Seite.

- Wichtig ist ein Raum, in dem alle Beteiligten möglichst viel Platz haben, um sich wirklich ausgiebig bewegen zu können. Einen Tisch und Stühle beispielsweise hat man schnell zur Seite geschoben oder in einer Ecke des Raumes gestapelt. Spielzeugkisten verstaut man auf dem Schrank und Schaukelpferde finden während dieser Zeit in einem anderen Zimmer Platz.

- Soweit es nicht schon aus dem Text der Geschichte hervorgeht, finden Sie die Bewegungsanregungen für die Kinder jeweils unter dem Vorlesetext. Meist werden sie jedoch aus den entsprechenden Handlungen klar und oftmals lassen sich die Bewegungen variieren oder nach eigenen Vorstellungen gestalten und ausführen.

Noch eine Kleinigkeit, bevor es losgeht

Lesen Sie sich die Mitmachgeschichten vorab sorgfältig durch. Je mehr Sie mit der Handlung vertraut sind, desto einfacher wird es Ihnen fallen, die Anleitung mit eigenen Worten zu sprechen. Das hat den ganz entschiedenen Vorteil, dass Sie alles Erzählte sofort mitmachen können. Dadurch wird der Spielfluss nicht gehemmt und die Kinder steigen besser und intensiver in die jeweilige Handlung ein. Wenn Sie als Spielleitung die Geschichten so weit als möglich mitmachen, finden sich die Kinder auch schneller zurecht und werden ganz in die Fantasie eintauchen können!

Vom müden Nikolaus

Das wird gebraucht

Kissen und Decken (anfangs auf die Seite gelegt).

So geht's

Stell dir doch einmal vor, du bist der Nikolaus ...

Einen kleinen Moment Pause machen. Wer mag, soll die Augen schließen, um sich einen wirklich schönen Nikolaus vorzustellen.

Morgen ist der 6. Dezember und so ziehst du dir deinen warmen, leuchtend roten Mantel an ...

Die Kinder stellen das Anziehen des Mantels pantomimisch dar: Wie die Arme in die Ärmel hineingesteckt werden, der Nikolaus die Kapuze aufsetzt und die Knöpfe am Mantel zuknöpft ...

Du schlüpfst in deine gefütterten Stiefel hinein ... Und ziehst deine Handschuhe über ...

Die Kinder schlüpfen nacheinander mit ihren Füßen in die »unsichtbaren« Stiefel, dann tun sie so, als würden sie ihre Hände vor der Kälte schützend in die Fellhandschuhe stecken.

Jetzt packst du vorsichtig all die kleinen Geschenke in deinen Rucksack, die du in der letzten Zeit gebastelt, geklebt, gezimmert und gebacken hast. Ganz vorsichtig steckst du ein Päckchen nach dem anderen in deinen Rucksack ...

Die Kinder holen sich einen unsichtbaren Rucksack und legen Geschenk für Geschenk vorsichtig hinein.

Prima, alle Geschenke sind im Rucksack sicher verstaut. Du bindest den Rucksack nun gut zu und ziehst ihn dir auf den Rücken ...

Mit den Händen darstellen, wie eine Schleife gebunden wird, und dann den Rucksack pantomimisch auf den Rücken setzen.

Nun kann es losgehen, es ist auch höchste Zeit. Schnell läufst du zum Schuppen hinüber und holst deine Ski heraus. Geschickt schnallst du dir die Ski an den warmen Stiefeln fest und gleitest damit vorsichtig durch den frisch gefallenen Schnee ...

Alle genannten Bewegungen führen die Kinder gemeinsam aus, während die Spielleitung den Text spricht und ebenfalls alles mitmacht.

Hui, nun saust du auf deinen Skiern einen kleinen Abhang hinunter. Du duckst dich dabei ein bisschen und legst dich vorsichtig in die Kurven, damit du mit deinem beladenen Rucksack nicht hinfällst ...

Die Kinder gehen leicht in die Knie und beugen ihren Oberkörper je nach Kurve gemeinsam nach links oder rechts.

Jetzt bist du endlich im Tal unten angekommen. Die Straßenlaternen leuchten dir den Weg und auch der Mond erhellt die dunkle Nacht. So legst du an jedem Haus, an dem du vorbeikommst, ein kleines buntes Päckchen vor die Tür. Pass gut auf, dass du kein Haus vergisst ...

Die Kinder gehen oder »rutschen« auf den Skiern langsam von Haustür zu Haustür und legen aus ihrem Rucksack die Geschenke dorthin.

Endlich hast du es geschafft und alle Nikolausgeschenke sind verteilt. Nun aber nichts wie nach Hause. Du schnallst dir die Skier ab und legst sie dir über die Schultern. Dann steigst du Schritt für Schritt den Berg hinauf, zu deinem gemütlichen Häuschen ...

Die Ski werden abgeschnallt und über die Schultern gelehnt. Die Kinder sollten den schweren, mühsamen Bergaufstieg gut darstellen und dürfen dabei auch hin und wieder ächzen oder stöhnen.

Wie gut, da vorne entdeckst du dein Haus. Du stellst die Ski wieder in den Schuppen und gehst in die warme Wohnstube.

Dort hängst du deinen Mantel an die Garderobe, ziehst deine Stiefel aus und legst die Handschuh auf die warme Heizung ...

Alle Bewegungen machen die Kinder in der richtigen Reihenfolge nach.

Dann legst du dich in dein warmes Bett. Ziehst dir die kuschelige Bettdecke bis an die Nasenspitze und schließt die Augen ...

Die Kinder legen sich hin und decken sich mit den vorher bereitgelegten Decken zu. Geben Sie den Kindern ausreichend Zeit, dass sie sich in Ruhe einen schönen Platz im Raum suchen und es sich dort gemütlich machen können. Sobald wirklich Ruhe ist und die Kinder ihre Augen geschlossen haben, erzählen Sie mit leiser Stimme weiter.

Du liegst ganz entspannt in deinem Bett und bist vollkommen ruhig ... Dein Körper ist angenehm müde und du spürst die Müdigkeit wie eine wohltuende Schwere in dir ... Ganz deutlich spürst du die Schwere in deinen Armen und Beinen ... Schwer, ganz schwer sind deine Arme und Beine nun ... Und die kuschelige Bettdecke hält dich warm, sicher und ganz geborgen ... Das tut gut ... Und du spürst, wie sich die Wärme strömend in dir ausbreitet und an jede Stelle deines Körpers fließt ... Es ist, als würde mit der Wärme auch wieder viel neue Kraft in dir fließen. Warm, wohlig warm liegst du da in deine Decke gekuschelt ...

Achten Sie beim Erzählen dieser letzten Textpassage unbedingt darauf, dass Sie zwischen den jeweiligen Sätzen ausreichend Pausen machen, damit die Kinder genug Zeit haben, sich zu spüren.

Und schließlich träumst du einen wunderschönen Traum ...

Nun können Sie je nach Situation die Kinder noch einige Minuten in der Entspannung lassen und diese eventuell mit leiser, meditativer Musik begleiten. Anschließend werden die Kinder mit lauter, kräftiger Stimme aus der Entspannung zurückgeholt und gebeten, kräftig ein- und auszuatmen, sich zu recken und strecken, bis sich alle wieder richtig fit und wach fühlen.

Ein kleiner Tipp

Verteilen Sie nach der Mitmachgeschichte – vielleicht bevor Sie die Kinder zurückholen – eine Kleinigkeit als Dankeschön! Oder stellen Sie einen Teller mit selbst gebackenen Plätzchen bereit, die Sie im Anschluss gemeinsam essen können. Vielleicht ergibt sich dabei ein Gespräch über die Gefühle der Kinder bei der Entspannung.

Für die Kinder ist es übrigens immer sehr schön, wenn die Geschichte möglichst lebendig wird. So könnte man beispielsweise für die Kinder kleine Rucksäcke bereithalten, die sie sich aufziehen, ein rotes Tuch, das den Nikolausmantel darstellt, vielleicht etwas Schminke oder einen Bart aus weißer Watte, der mit etwas Creme angeklebt wird. Solche Dekorationen könnte man auch mit Kindern gemeinsam anfertigen, das macht zusammen nicht nur mehr Spaß, sondern bindet die Kinder auch mehr ins Geschehen ein. In der Regel spielen sie in diesem Fall deutlich intensiver mit.

Das Jahr ist lang!

Ersparen Sie sich den weihnachtlichen Geschenkestress – damit Sie nicht wie der Nikolaus aus der vorangegangenen Bewegungsgeschichte erschöpft zusammenbrechen! Die Zeit vor Heiligabend ist schon aufregend genug. Halten Sie lieber schon während des Jahres Augen und Ohren offen. Von den Kindern, Verwandten und Freunden werden zwischendurch immer mal Wünsche genannt, was der eine oder die andere gerne hätte. Schreiben Sie sich die Sachen auf oder greifen Sie ruhig zu, wenn Sie beim Bummeln und Einkaufen oder auch im Schlussverkauf etwas Nettes sehen. Horten Sie die Sachen einfach in einer Kiste oder einem Karton, den Sie in einem Schrank verstauen. So brauchen Sie dann vor Weihnachten nur noch wenige Dinge besorgen. Vieles lässt sich auch gut über bestimmte Anbieter bestellen, ohne dass Sie selbst in zig Geschäften danach herumsuchen müssen. Wenn Sie dies rechtzeitig tun, brauchen Sie auch keine Angst haben, ob es rechtzeitig bis Weihnachten ankommt! Auf diese Weise haben Sie übrigens auch während des Jahres immer eine passende Kleinigkeit zur Hand, falls die Kinder ganz kurzfristig mal zu einem Kindergeburtstag eingeladen werden ...

Der Schnee, der vom Himmel fällt

Das wird gebraucht

Pro Kind ein Kissen und eine Decke, ein Kassetten- oder CD-Rekorder mit leiser und mit beschwingter Musik, die zum Thema Schnee passt, ein großes weißes Laken, auf dem alle MitspielerInnen Platz finden, sowie ein kleiner weißer Wattebausch pro Kind.

So geht's

Heute wollen wir etwas ganz Besonderes sein: Schneeflocken! Jeder sucht sich jetzt erst einmal einen Platz im Raum und setzt oder legt sich dort gemütlich hin. Schließt die Augen und stellt euch vor eurem inneren Auge eine wunderschöne Schneeflocke vor, die genauso ist, wie ihr selbst gerne als Schneeflocke sein würdet ...

> Geben Sie den Kindern mindestens eine Minute Zeit, mit geschlossenen Augen dazusitzen oder -zuliegen. Sobald es unruhig wird und Sie der Meinung sind, den Kindern reicht die Zeit aus, fahren Sie fort.

So, ihr kleinen und großen Schneeflocken, kommt mal alle her in unsere große, weiße Wolke ...

> Breiten Sie das weiße Laken auf dem Boden aus, lassen Sie alle Kinder darauf Platz nehmen und setzen Sie sich selbst dazu.

Wir sitzen nun in unserer gemütlichen Schneewolke und schweben durch den Himmel. Wer Lust hat, kann von unserer Schneewolke einmal nach unten zur Erde hinabsehen ...

Die Kinder halten die flache Hand an die Stirn und sehen staunend nach unten – schließlich sieht die Welt von hoch oben ja ganz anders aus!

Oh je, schaut mal dort drüben, da kommt ein kleiner frecher Wind daher! Kommt, wir halten uns besser fest ...

Alle Schneeflocken sitzen im Kreis auf der Wolke und haken sich fest ein.

Der kleine, freche Wind kommt und pustet aus vollen Backen. Dabei werden wir hin und her geschüttelt ...

Alle Mitspieler bewegen sich so eingehakt mal zu einer Seite und dann zur anderen – ohne sich loszulassen.

Ich glaube, der Wind ist einfach zu stark! Ich kann mich nicht mehr festhalten – oh, ich fliege ...

Sie haken sich als Erstes aus und »fliegen« als Schneeflocke kreuz und quer durch den Raum.

Immer mehr Schneeflocken pustet der Wind von der Schneewolke herunter – bis schließlich alle Schneeflocken zur Erde hinabfliegen ...

Sie spielen einen Moment lang den frechen, kleinen Wind und pusten alle Schneeflocken, die noch auf der Wolke sitzen, herunter.

Wie schön sich das anfühlt ... Und wie lustig das im Bauch kribbelt, als Schneeflocke durch den winterlichen Himmel zu gleiten, einfach toll!

Und so fliegt jede Schneeflocke eine Weile für sich, bewegt und dreht sich, wie es ihr gefällt ...

Hierbei kann ruhige, leise Musik eingespielt werden. Die Kinder sollen sich dazu frei und kreativ nach eigenen Ideen als Schneeflocke durch den Raum bewegen, ohne jemand anderen dabei zu stören.

Hallo, du kleine Schneeflocke, wer bist du denn?

Sie fragen dies eine andere Schneeflocke, die direkt in ihrer Nähe tanzt.

Sollen wir ein Stück zusammen fliegen?

Die beiden Schneeflocken nehmen sich an die Hand und fliegen nun zusammen. Immer wenn die beiden auf eine andere Schneeflocke treffen, schließt sich diese ihnen an – bis schließlich alle Schneeflocken eine lange Kette gebildet haben.

Kommt, zusammen durch den Himmel gleiten macht viel mehr Spaß. Lasst uns einfach tanzen ...

Dann wird die beschwingte Musik eingespielt und alle Schneeflocken tanzen gemeinsam als Schneeflockenkette durch den Raum. Dabei sind der Fantasie keinerlei Grenzen gesetzt. Die erste Schneeflocke kann beispielsweise durch die hochgehaltenen Hände der anderen Schneeflocken hindurchtanzen, eine Spirale nach innen und dann von innen nach außen drehen, man kann einen Kreis bilden und auf diese Weise hin und wieder die Tanzrichtung ändern. Lassen Sie sich einfach etwas einfallen!

Schaut mal, dort unten! Die Erde ist nicht mehr weit. Macht euch alle zur Landung bereit ...

Die Musik wird leise ausgeblendet und die Schneeflocken lassen sich wieder los.

Jede Schneeflocke sucht sich einen besonders schönen Platz aus, an dem sie landen möchte ...

Die Schneeflocken verteilen sich möglichst gleichmäßig im Raum.

Und ganz leise landet jede der Schneeflocken an ihrem Ort ...

Sie gehen herum und reicht jeder gelandeten Schneeflocke ein Kissen und eine Decke.

Macht es euch dort ganz gemütlich und schließt die Augen, um euch einen Moment von dem aufregenden Flug zu erholen ...

Einen Moment warten, bis Ruhe einkehrt und alle Schneeflocken bequem und mit geschlossenen Augen daliegen.

Ganz ruhig und entspannt liegt ihr Schneeflocken da ... Nichts kann euch mehr stören ... Eure Arme und Beine fühlen sich vom langen

Flug schwer an ... Aber es ist eine wohltuende, ganz angenehme Schwere in euch ... Schwer, vollkommen schwer liegt ihr Schneeflocken nun da ... Und außer der Schwere könnt ihr alle noch eine strömende Wärme wahrnehmen ... Spürt mal, wie diese wohlige Wärme durch eure Arme und Beine hindurchströmt ... Richtig strömend warm fühlt ihr euch ... Und rundherum ganz ruhig, gelöst und völlig entspannt ...

Zwischen den Sätzen ausreichend Zeit lassen, damit die Kinder sich tief entspannen und die Wärme und Schwere intensiv wahrnehmen können.

Eine winzig kleine Schneeflocke kommt zu euch und kuschelt sich an euch ... Auch sie ist ganz ruhig und entspannt ...

Sie gehen herum und legen neben jeden Spieler einen kleinen, weißen Wattebausch, der die Schneeflocke darstellt. Nun können Sie entweder die Musik vom Anfang der Mitmachgeschichte einblenden, die ruhig und langsam war und die Kinder zusätzlich inspiriert, zu träumen und noch tiefer in die Entspannung zu gelangen. Oder aber Sie beenden die Geschichte, wie auch bei den Fantasiereisen, mit kräftiger Stimme durch das Zurücknehmen.

Der Weihnachtsengel

Das wird gebraucht

Weiße Kissen, weiße Laken und/ oder weiße Decken, weißer Tüll, eine weiße Feder oder ein weißer Wattebausch für jedes Kind, evtl. Engelsflügel aus Pappe (einige Bastelideen finden Sie auf Seite 79.)

So geht's

Auf dem Boden wird mit Hilfe der weißen Kissen, Decken, Laken und des Tülls eine richtig schöne Wolke vorbereitet, auf der die Engel schließlich Platz nehmen dürfen.

Stell dir jetzt mal vor, du bist ein Engel. Kein normaler Engel, nein, ein Weihnachtsengel. Und als Weihnachtsengel wohnst du auf einer wunderschönen weißen Wolke, auf der du durch den winterlichen Himmel schwebst und die Welt bewachst ...

> Die Kinder nehmen auf der Wolke Platz und schauen sich mal nach hier und mal zur anderen Seite um, was es alles zu sehen gibt.

Und weil Weihnachten nicht mehr weit ist, beschließt du einen kleinen Ausflug hinunter zur Erde zu machen. Du springst kurzerhand von deiner schönen Wolke ...

Die Kinder hüpfen an verschiedenen Stellen von der Wolke hinunter, um Zusammenstößen vorzubeugen.

Und damit du besser fliegen kannst, bewegst du sanft deine Flügel ...

Die Kinder bewegen ihre Arme leicht auf und ab. Wenn sie Pappflügel gebastelt haben, können auch diese leicht hin und her bewegt werden.

So schwebt du langsam und ganz gemütlich durch den winterlichen Himmel nach unten zur Erde. Da triffst du eine kleine Schneeflocke und pustest sie munter vor dir her ...

Die Kinder bekommen das Wattestück oder die Feder und laufen damit pustend und spielend im Raum umher.

Nun entdeckst du unter dir ein kleines Haus, dessen Dach ganz mit Schnee bedeckt ist und durch dessen Fenster ein geheimnisvolles Licht leuchtet. Vorsichtig landest du vor dem Haus und drückst deine Nase an der Scheibe platt ...

Die Kinder drücken ihre Nasen an ein Fenster, wenn im Raum eines vorhanden ist, oder ansonsten einfach gegen die Wand.

Da entdeckt dich ein kleines Kind, das gerade im Wohnzimmer unter einem schön geschmückten Tannenbaum gesessen und sich ein Bilderbuch angesehen hat. »Mama, schau mal am Fenster! Da steht ein Engel!«

Die Tür wird geöffnet und die Mutter des Kindes bittet dich freundlich hereinzukommen und dich ein wenig am Ofen aufzuwärmen.

Gerne nimmst du das Angebot an und schwebst lautlos, wie es sich für einen Engel gehört, zur Tür herein.

Die Weihnachtsengel schleichen auf Zehenspitzen umher.

Die Mutter bittet dich, am warmen Kamin Platz zunehmen.

Jeder sucht sich einen schönen Platz und kuschelt sich ineine der Decken.

Wie warm es hier ist. Während du ganz ruhig und vollkommen entspannt dasitzt, spürst du eine angenehme Schwere in deinen Flügeln und Beinen ... Schwer ist dein Körper, ganz schwer ... Und das Feuer im Kamin trägt seine angenehme Wärme zu dir herüber ... Wohlige Wärme ist um dich herum und als dir das Kind eine Tasse mit warmem Tee reicht, durchströmt dich die Wärme überall ... Wie gut die Wärme tut ... Alles in dir fühlt sich warm, geliebt und rundherum geborgen ... So sitzt du eine Weile ganz entspannt und still da und beobachtest den geschmückten Weihnachtsbaum mit all seinen brennenden, glitzernden Lichtern ... Und lauscht dem Gesang des kleinen Kindes, das für dich ein Weihnachtslied singt ...

Den Text bitte langsam vortragen, damit die Kinder Zeit haben, sich ganz in das Erleben sinken zu lassen.

Nachdem du dich genug ausgeruht hast, bist du wieder voller Kraft für deine Heimreise. Du dankt der Familie für ihre Gastfreundlichkeit und verabschiedest dich. Noch ganz verzaubert von dem schönen Besuch kehrst du schließlich heim ...

Bitten Sie die Kinder mehrmals tief ein- und auszuatmen, sich kräftig zu recken und zu strecken. Alle sollten dabei ihrem eigenen Tempo folgen und warten, bis auch der Letzte wieder im Hier und Jetzt angekommen ist.

Ein kleiner Tipp

Noch mehr Spaß macht diese Mitmachgeschichte, wenn sich alle Kinder vorher als Engel verkleiden dürfen. Lassen Sie die Kinder in weiße Nachthemden schlüpfen oder binden Sie ihnen weiße Stofftücher als Umhang um. Aus festem, weißem Tonkarton kann man Engelsflügel ausschneiden oder man schneidet die Flügel aus alten Pappkartons und lässt diese von den Kindern weiß anmalen, mit weißer Watte oder weißen Federn bekleben. Sicherlich haben die Kinder oder auch Sie noch andere Ideen, die beim Verkleiden hilfreich sind und tolle Engel hervorzaubern ...

Wenn sich die Blumen schlafen legen

Das wird gebraucht

Kissen, Decken, pro Kind ein buntes Tuch, beispielsweise aus Chiffon, sowie eventuell etwas Theaterschminke oder Schminkstifte, damit sich die Kinder eine Blüte ins Gesicht malen können.

So geht's

Die Kinder können sich mit den bunten Tüchern eine Schleife ins Haar oder eine Schärpe um den Bauch binden oder sich auf eine andere Art damit schmücken, damit sie mehr Ähnlichkeit mit einer bunten Blume haben. Wenn man keine Hautprobleme hat, bekommt man noch eine Blume oder schöne Blüte ins Gesicht gemalt, damit auch diese Mitmachgeschichte lebendiger wird.

Stell dir doch mal vor, du bist eine wunderschöne, bunte Blume ...

Du stehst mit all den anderen Blumen in einem kleinen Garten in einem netten Blumenbeet. Jeden Morgen, wenn die Sonne aufgeht, wecken dich die warmen Sonnenstrahlen ...

Jedes Kind sucht sich einen Platz im Raum und kauert sich dort zusammen. Wenn die Sonne aufgeht, geht die Spielleitung herum und streichelt jeder »Blume« zärtlich über den Kopf.

Du reibst dir den Schlaf aus den Augen und streckst deine Blütenblätter der Sonne entgegen ...

Die Kinder streicheln ihre Gesichter und stehen dann langsam auf, wobei sie ihre Arme langsam in die Höhe heben und nach oben der Sonne entgegenstrecken.

Sanft wiegst du dich in der zarten Morgenluft hin und her ...

Die Kinder wiegen auf der Stelle von links nach rechts.

Ach, du liebst es, eine Blume zu sein. Die Menschen freuen sich an den bunten Farben deiner Blütenblätter und es gibt nichts Schöneres, als die warmen Sonnenstrahlen auf sich zu spüren. Die Wärme der Sonne schenkt dir neue Kraft und was noch wichtiger ist, sie schenkt dir Lebensfreude. Freudig und dankbar lächelst du der Sonne zu, die hoch oben am blauen Himmel steht und zu dir herunterblickt.

Die Kinder lächeln und danken auf diese Weise der Sonne für ihr Licht und die Wärme der Sonnenstrahlen.

Doch inzwischen ist der Herbst gekommen und die Blätter der Bäume sind abgefallen. Das bunte Laub hat sich auf die Erde des Blumenbeets gelegt und hält dich geschützt wie eine warme Decke. Auch für dich ist es an der Zeit, dich schlafen zu legen ...

Die Kinder kuscheln sich in ihre Kissen und Decken gemütlich ein.

Und geschützt vom bunten Laub und der Blumenerde wirst du auch diesen Winter sicher überstehen. So zwinkerst du der Sonne noch einmal zu und schließt dann deine Augen ...

Die Kinder blinzeln alle noch einmal und schließen die Augen in ihrem eigenen Tempo.

So liegst du bunte Blume da und bist vollkommen ruhig und entspannt ... Dein Stängel und die Blütenblätter sind müde und ganz, ganz schwer ... Es ist eine angenehme Schwere, wie du sie immer dann ganz deutlich spürst, wenn du dich schlafen legst ... Schwer, ganz schwer bist du ... Und die bunten Blätter der Bäume und die Blumenerde wärmen dich ... Die angenehme Wärme strömt durch dich hindurch und macht dich glücklich ... Glücklich und zufrieden, weil man sich dabei so unendlich geborgen fühlt und einem die Wärme neue Kraft schenkt ... Mit Hilfe dieser Kraft und Wärme wirst du bis zum nächsten Frühling sicher schlafen können ... Und da träumst du auch schon von den warmen Sonnenstrahlen des Frühlings ...

Beim Sprechen bitte ausreichend Pausen machen, damit die Kinder Zeit haben, die Wärme und Schwere intensiv zu spüren.

Da! Hast du es gespürt? Die warme Sonne ist wieder da und möchte dich wecken ... Atme ein paar Mal tief ein und aus ... Wenn du Lust hast, kannst du auch laut gähnen und dir den Schlaf aus den Augen reiben ... Dann blinzelst du – tatsächlich, die Sonne ist wieder da! Du reckst und streckst dich ... Hältst deine bunten Blütenblätter der Sonne entgegen und bist wieder hellwach und voller Kraft ...

Lassen Sie die Kinder diese Bewegungen des Textes zeitgleich nachahmen und ausführen, damit sie wieder frisch und ausgeruht ins Tagesgeschehen zurückkehren.

Ein kleiner Tipp

Wenn Ihnen ein Musikstück einfällt, das Ihnen passend erscheint, scheuen Sie sich nicht, es einzusetzen. Gerade diese Mitmachgeschichte kann wunderbar von leiser Musik begleitet werden, die die Kinder zusätzlich inspiriert und noch tiefer ins Leben der Blume eintauchen lässt.

Vielleicht haben die Kinder im Anschluss an diese Mitmachgeschichte ja Lust, aus buntem Krepp- oder Seidenpapier ein Blumenbild zu basteln, das wieder etwas Farbe in den Winter bringt und den Frühling herbeilockt.

Winterschlaf

Das wird gebraucht

Kissen, allerhand braune und grüne Tücher, Stoffreste, Krepp-Papier und Decken.

So geht's

In der Mitte des Raumes werden die Kissen, Decken, Tücher und so weiter zu einem kleinen Berg aufgetürmt. Um das Ganze noch etwas realistischer zu gestalten, kann man auf diesen weichen Stoffberg auch noch ein bisschen buntes Laub, kleine Äste oder Tannenzweige legen.

Heute sind wir Bären. Und wir Bären leben in den Bergen und Wäldern, fern von den großen Städten, eben dort, wo wir in Ruhe und Frieden unter uns sein können.

Und weil es draußen schon deutlich kälter geworden ist, haben wir ein dickes, ganz warmes Winterfell bekommen. So zottelig trotten wir gemütlich durch den Wald ...

Alle trotten wie Bären durch den Raum.

Knrrr ... Habt ihr das gehört?! Knrrr ... Oh je, da konnte man es schon wieder hören. Mein Magen knurrt so schrecklich laut, weil ich einen Bärenhunger hab. Und jetzt, wo es draußen schon so kalt ist und ich mir bald ein Plätzchen für den Winterschlaf suchen muss, brauch ich vorher ganz dringend noch etwas zu futtern ...

Nach Futter suchend tapsen die Bären auf allen vieren durch den Raum.

Ich hab etwas gefunden! Schaut mal, dort ist eine ganze Hecke voll reifer Brombeeren, die noch keiner gepflückt hat, und ich liebe Brombeeren ...

Die Bären streicheln verzückt ihre dicken Bärenbäuche.

Hm, wie köstlich die Beeren schmecken. Ganz saftig und sehr süß, genau richtig für meinen Geschmack.

Die Bären schmatzen und pflücken sich pantomimisch die Früchte vom Busch.

Jetzt bin ich aber satt! Was mir noch fehlt vor dem langen, langen Winterschlaf, ist etwas Bewegung. Wir wär's, wenn wir noch ein wenig zusammen spielen? Habt ihr Lust, Fangen zu spielen?

Die Kinder spielen eine Weile Fangen. Wenn sie dazu keine Lust mehr haben, kann man sich gemeinsam noch andere Spiele ausdenken: Verstecken, Tauziehen, Kräftemessen, Seilspringen und vieles andere mehr.

Und jetzt habe ich Lust zu toben, ruft da der große Bär und schon geht es los.

Die kleinen und großen Bären toben und albern herum. Sie dürfen sich gegenseitig kitzeln, am Boden wälzen, herumalbern, sich mit dem bunten Herbstlaub bewerfen, darunter herlaufen und so weiter.

Dann sind die Bären schließlich müde. Satt und zufrieden machen sie sich auf die Suche nach einem gemütlichen Unterschlupf für den Winterschlaf ...

Die Bären gehen suchend und zufrieden im Raum umher.

Wie wäre es hiermit? Eine richtige Bärenhöhle!

Zeigen Sie auf den Stoffberg in der Raummitte.

Hier ist Platz für alle und gemütlich ist es auch!

Krabbel Sie unter die Decken und legen Sie sich ganz gemütlich hin. Die anderen Bären machen dasselbe. Sobald Ruhe eingekehrt ist und alle Bären gemütlich liegen, erzählen Sie weiter.

Ihr seid nun alle ganz ruhig und entspannt ... Eure Bärenkörper liegen müde und ganz schwer in der Bärenhöhle ... Die Bärentatzen fühlen sich richtig schwer an ... Spürt alle mal, wie schwer ihr seid ... Und das Blätterdach und die Höhle halten euch ganz warm ... Warm und ganz geborgen ... Die Wärme strömt durch euren Pelz hindurch und verteilt sich überall in eurem Körper ... Ein sehr schönes Gefühl ... Und dabei seid ihr alle ganz ruhig und entspannt ...

Ihr beginnt zu träumen und freut euch auf den Frühling und darauf, dass euch dann die Sonne mit ihren warmen Strahlen wieder aufwecken wird ...

> Lassen Sie die Kinder diese Stimmung und vor allem die Entspannung eine Weile genießen. Je nach Ausdauer und Erfahrung mit solchen Übungen kann dies durchaus einige Minuten lang sein. Wenn Sie Unruhe bei den Kindern bemerken, beenden Sie die Übung einfach.

Nun habt ihr lange genug geschlafen. Jeder wacht ganz nach seinem eigenen Tempo wieder auf. Dabei atmet ihr tief ein und aus ... Ballt die Bärentatzen einige Male ganz fest ... Und reckt und streckt euch der Sonne entgegen ...

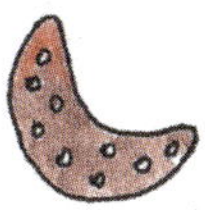

Fondue, Raclette & Co.

Wie wäre es denn an Weihnachten zur Abwechslung mal mit einem Essen, das nicht ganz so aufwändig ist und wenig Vorbereitung bedarf? Beispielsweise einem leckeren, gemütlichen Raclette? Davon werden auch große und kleine Bären mit kräftigem Appetit satt. Den entsprechenden Käse kann man gut einige Tage vorher kaufen und am Tag selbst braucht man nur einen riesigen Topf mit Kartoffeln auf den Herd zu stellen (Pellkartoffeln gehen am schnellsten), dann kommt die Käseplatte auf den Tisch, etwas frisches Gemüse oder ein Salat dazu, ein Dip (da kann man notfalls auch mal zu Fertigprodukten greifen) und alle können das Essen in Ruhe genießen, ohne dass jemand mit am Tisch sitzt, der von der Zubereitung eines mehrgängigen Menüs schon völlig erledigt ist! Auch ein Fondue ist stilvoll und eine weitere gemütliche Alternative.

Wenn Sie viel Besuch bekommen, machen Sie doch ein Büffet, zu dem jeder Gast eine Kleinigkeit beiträgt und das auf diese Weise recht abwechslungsreich wird! Falls Sie Angst haben, dass jeder dann Nudelsalat mitbringt, kann man vorab Absprachen treffen oder eine Liste machen, in die sich jeder einträgt.

Streichle sanft die Engelsflügel

Winterliche Massagen für Kinder

Gerade in der weihnachtlichen Zeit macht man sich viele Gedanken, welche Geschenke dringend noch besorgt werden müssen, wen man auf welche Weise mal nett überraschen möchte – kurzum, man zerbricht sich den Kopf drüber, was man anderen Gutes tun kann.

Denken Sie doch erst mal an sich und die Familie. Was können Sie sich Gutes tun und gönnen? Wie wäre es denn in dieser harmonischen Zeit, in der die Stille so genossen und geschätzt wird, mit einigen kindgerechten Massagen und Streicheleinheiten für Körper und Seele? Besonders an langen, kühlen Wintertagen sehnt man sich nach Nähe, Liebe und Geborgenheit. Kinder brauchen körperliche Zuwendung und zärtliche Streicheleinheiten ebenso wie regelmäßige, gesunde Mahlzeiten, Vitamine oder Zeit zum Reden. Durch die hier vorgestellten Massagen tragen Sie ganz entscheidend dazu bei, dass die Kinder ein gesundes Selbstwertgefühl erlangen, ein gutes Gefühl für sich und ihren Körper entwickeln und dadurch auch wesentlich selbstbewusster werden und äußern können, was ihnen gut tut, was sie mögen und wo ihre Grenzen liegen.

Außerdem erfahren die Kinder auf diese Weise, dass sie geliebt und akzeptiert werden, so wie sie sind. Und was gibt es schließlich Schöneres, als richtig verwöhnt zu werden, ausgiebig zu kuscheln, gestreichelt und massiert zu werden?

Was gibt es bei den Massagen zu beachten?

- Sorgen Sie für eine behagliche Atmosphäre und ein nettes Umfeld. Machen Sie es sich zusammen gemütlich und lassen Sie die Kinder beim Gestalten des »Kuschelnests« mithelfen.

- Wenn die Kinder Lust haben, sich bei den Massagen auszuziehen oder nur in Unterhemd und -hose dazuliegen, achten Sie auf eine angenehme Raumtemperatur.

- Wichtig ist auch, dass Sie selbst innerlich ruhig und ausgeglichen sind. Wenn Sie eben ein aufreibendes Telefonat geführt haben oder Streit in der Luft liegt, ist es besser, sich erst einmal Zeit für ein klärendes Gespräch zu nehmen.

- Wenn die Kinder schon einige Erfahrungen mit solchen Massagen gemacht haben und keine sprachlichen Anleitungen an die Kinder gegeben werden müssen, kann man im Hintergrund auch leise meditative Musik laufen lassen – aber nur, wenn die Kinder dies mögen und sich dabei noch auf die Massage konzentrieren können.

- Bedenken Sie bitte, dass Sie Kinder massieren und keine Erwachsenen. Vermeiden Sie zu festes Kneten und Walken, sondern tasten Sie sich langsam heran, um zu sehen, welche Berührungen die Kinder mögen und als angenehm empfinden.

Massieren ist aus meiner Sicht ein Geben und Nehmen. Aus diesem Grund finde ich es wichtig und schön, wenn auch die Kinder zum Zuge kommen und den Erwachsenen etwas Gutes tun. Sicherlich kann man nicht erwarten, dass die Kinder einen ausgiebig massieren, aber sie sollen schon die Gelegenheit haben, ihre Ideen auszuprobieren und somit auf ihre Art etwas an andere zu geben. Kinder lieben es erfahrungsgemäß, selbst ans Werk zu gehen, und haben oft auch tolle Ideen, bestimmte Berührungen eigenständig umzusetzen und auszutesten!

Kinder können sich auch gut gegenseitig massieren, wenn Sie ihnen ein bisschen Hilfestellung geben. Entscheidend ist, dass die Kinder Einfühlungsvermögen entwickeln und vorsichtig und sanft miteinander umgehen.

Die folgenden Massagen sind übrigens keine medizinischen Massagen im herkömmlichen Sinne, sondern vielmehr kleinere Streicheleinheiten, die Liebe schenken, Zeit zum Ausruhen bieten und neue Kraft und Energien mobilisieren. Probieren Sie nach Herzenslust aus, welche Berührungen Ihnen und den Kindern gut tun, was Ihnen leicht von der Hand geht und Spaß macht. Tauschen Sie sich während der Massagen leise aus. Je detaillierter Sie sich austauschen, desto mehr positive Momente werden Sie aus diesen Massagen ziehen können und mit der Zeit so sicher werden, dass Sie sich auf spielerische Weise eigene, neue Massagen ausdenken können.

Streichle sanft die Engelsflügel

Das wird gebraucht

Pro Kind ein Kissen und eine Decke.

So geht's

Das Kind legt sich am besten mit dem Rücken auf die Decke und bettet den Kopf auf ein kleines Kissen.

Wenn du nun ganz bequem liegst, schließe einfach deine Augen und stell dir vor, du wärst ein Engel. Ein wunderschöner Engel, der ganz genauso aussieht, wie du es dir wünschst ...

Dem Kind mindestens eine Minute Pause geben, damit es sich seinen Engel gut vorstellen kann.

Du hast als Engel natürlich zwei schöne Flügel. Und damit du auch weiterhin schwerelos und leise durch den Himmel schweben kannst, werde ich dir deine Flügel sanft streicheln ...

Setzen Sie sich rechts oder links neben das Kind und legen Ihre Hände ans obere Ende einer Schulter. Dann streichen Sie mit leichtem Druck den ganzen Arm hinab bis zur Hand hinunter und beginnen wieder oben an der Schulter. Versuchen Sie dabei einen gleichmäßigen Rhythmus zu finden, der das Kind beruhigt und sich angenehm anfühlt.

Jetzt werde ich dir den Flügel einmal ausschütteln, damit alle Anspannung aus ihm entweichen kann ...

Dazu fassen Sie den Arm, an dessen Seite Sie Platz genommen haben, an der Hand und schütteln ihn zart aus. Das Kind sollte versuchen, den Arm möglichst locker zu lassen. Erfahrungsgemäß mögen Kinder dieses Ausschütteln sehr.

Und jetzt Streichle ich noch einen Moment lang die empfindsamen Flügelspitzen ...

Nehmen Sie die Hand des Kindes in Ihre und streichen Sie diese aus, reiben Sie liebevoll an ihr, massieren Sie die einzelnen Finger entlang in Richtung der Fingerspitzen, massieren Sie die Fingernägel durch oder kneten Sie den Handballen. Bitten Sie Ihr Kind darum, leise Rückmeldung zu geben, wenn etwas nicht angenehm ist, damit Sie ggf. den Druck verringern können.

So, dann werde ich nun leise aufstehen und mich zu deinem anderen Engelflügel setzen. Schließlich soll auch er liebevoll massiert und gestreichelt werden ...

Gehen Sie um das Kind herum – bitte niemals darüber steigen! – und setzen Sie sich an die andere Seite.

Jetzt werde ich auch diesen Flügel sanft streicheln ...

Wie bei dem anderen Arm auch streichen Sie den gesamten Arm, begonnen vom Schulteransatz bis zu den Fingerspitzen, aus. Das wird mehrmals hintereinander gemacht und Sie sollten einen gleichmäßigen Rhythmus finden.

Und damit auch dieser Flügel schön locker und entspannt ist, werde ich auch hier alle Anspannung aus ihm herausschütteln ...

Den Arm oder die Hand greifen und den gesamten Arm vorsichtig lockern und ausschütteln.

Zu guter Letzt werde ich dir natürlich auch hier die Flügelspitzen ganz zart streicheln ...

Nehmen Sie auch hier die Hand in Ihre und kneten Sie diese leicht, rubbeln sanft über die Haut, streicheln die einzelnen Finger und die Fingernägel, sodass die Hand gut durchblutet wird.

So, fertig! Wie geht es denn dem Engel jetzt?

Lassen Sie sich von dem Kind an dieser Stelle Rückmeldung geben, wie es die Massage empfunden hat, ob etwas besonders schön war usw. Vielleicht hat das Kind ja noch Lust, weiter massiert zu werden, an anderen Körperstellen, beispielsweise den Beinen. Oder es hat Lust, Sie als »großen« Engel einmal ein paar Minuten zu verwöhnen!

Wenn dem Nikolaus die Füße schmerzen

Das wird gebraucht

Pro Kind ein Kissen und eine Decke oder Matte.

So geht's

Stell dir doch mal vor, du wärst der Nikolaus ... Wie immer hast du auch in diesem Jahr viel zu tun gehabt und bist von Tür zur Tür gelaufen und hast allen Kindern ein kleines Geschenk gebracht ... Und vom vielen Laufen und Wandern durch den tiefen Schnee sind deine Füße ganz müde und brauchen dringend etwas, was sie wieder munter macht!

Wie wäre es mit einer kleinen Streicheleinheit für die müden Nikolausfüße? Erst einmal bauen wir dir ein gemütliches Bett, in das du dich, lieber Nikolaus, hineinlegen kannst.

Bauen Sie aus den Kissen, der Decke oder der Matte ein gemütliches Nest für den Nikolaus. Falls das Kind noch andere Ideen für seinen Platz zum Ausruhen hat, sollte man sie ruhig erfüllen. Zum Beispiel wenn der kleine Nikolaus zum Ausruhen noch ein Kuscheltier benötigt.

Ist das ein gemütliches Bett geworden! Komm, lieber Nikolaus, leg dich auf das weiche Bett und mach es dir bequem ...

Das Kind sollte sich möglichst mit dem Rücken auf das Bett legen, so können die Füße besser massiert und gestreichelt werden. Geben Sie dem Kind einen Moment lang Zeit, damit es sich wirklich richtig hinlegen kann, ohne dass es etwas anderes stört und ablenkt.

Dann werde ich deinen müden Nikolausfüßen mal etwas Gutes tun. Ich nehme den rechten Fuß und massiere ihn ganz vorsichtig ...

Nehmen Sie dazu den Fuß des Kindes in Ihre Hände. Am besten legen Sie das Bein auf Ihre Oberschenkel, damit es gut abgestützt ist und Sie sich auf die Massage konzentrieren können. Dann kneten, drücken, massieren Sie den Fuß durch. Lassen Sie sich von dem Kind sagen, wie stark der Druck dabei sein sollte. Beginnen Sie am besten beim Fußballen, danach streicheln und massieren Sie die Zehen – einen nach dem anderen – und gehen dann den Fuß hinunter, bis Sie schließlich bei der Ferse angelangt sind. Dort kann etwas fester massiert werden, da dieser Teil des Fußes nicht ganz so empfindlich ist.

Na, wie fühlst du dich jetzt, lieber Nikolaus? Schließe mal einen kleinen Moment deine Augen und spüre deine Füße. Kannst du einen Unterschied feststellen? Welcher Fuß fühlt sich besser und deutlicher an, der massierte oder der andere Fuß, der noch keine Streicheleinheit bekommen hat?

Legen Sie den massierten Fuß vorsichtig zurück auf die Decke, sodass die beiden Beine hüftbreit auseinander und parallel liegen. Dann geben Sie dem Kind einen Moment Zeit, um in den Körper hineinzuspüren.

Konntest du was fühlen? Magst du mir davon erzählen?

Wenn das Kind mag, soll es Ihnen seine Empfindungen schildern und mitteilen. Meist wird der massierte Fuß als lebendiger, wärmer empfunden. Die Kinder spüren darin die freigesetzte Energie fließen und nehmen diesen Fuß wesentlich deutlicher war als den anderen. Probieren Sie diese Massage mal an sich selbst aus, um es besser nachfühlen zu können!

Dann werde ich dir nun auch den anderen Fuß massieren, damit auch der wieder fit wird und nicht mehr müde ist, einverstanden?

Nehmen Sie nun den anderen Fuß und gehen Sie vor wie bei dem bereits massierten.

Fühlt sich nun auch dieser Fuß besser an? Wenn du magst, kann ich deine Füße noch ein bisschen streicheln ...

Wenn das Kind das Bedürfnis nach mehr Zuwendung verspürt, können Sie die Füße noch eine Zeit lang weitermassieren.

Ein kleiner Tipp

Diese Fußmassage können Sie auch wunderbar mit Massageöl durchführen, wenn das Kind nackte Füße hat. Achten Sie nur darauf, dass Ihre Hände eine angenehme Temperatur haben. Entweder waschen Sie sich Ihre Hände vorher mit warmem Wasser, damit sie wirklich warm sind, oder Sie reiben Ihre Handinnenflächen ganz schnell aneinander.

Viel Spaß im Schnee

Das wird gebraucht

Eine Decke oder Matte und eventuell ein möglichst flaches, kleines Kissen für den Kopf, ein Tennisball.

So geht's

> Am Boden wird die Decke ausgebreitet und das Kind legt sich mit dem Bauch nach unten darauf. Wenn es das wünscht, kann der Kopf auf ein möglichst flaches Kissen gebettet werden.

Schließe nun deine Augen und spüre einen Moment lang, wie du auf der Decke liegst ... Du bist ganz ruhig und vollkommen entspannt ...

Stell dir nun vor, wir machen einen tollen Ausflug in den Schnee. Dazu sind wir muckelig warm angezogen und stampfen durch den Schnee hindurch ...

> Mit den leicht geöffneten Fäusten trommelt man sacht den gesamten Rücken durch. Hören Sie beim Kind nach, wie fest der Druck sein darf. Nur auf der Wirbelsäule sollte möglichst nicht oder wenn, dann nur ganz vorsichtig »gestampft« werden.

Pass mal auf, wie toll man im Schnee schliddern kann!

Reiben Sie mit Ihren geöffneten Händen sanft, dennoch mit etwas Druck, über den Rücken des Kindes. Mal in die Richtung, mal in die, sodass der gesamte Rücken mit einbezogen wird.

Hast du Lust, einen Schneemann zu bauen? Komm, wir schaufeln etwas Schnee zusammen, damit wir mit der ersten Kugel beginnen können ...

Streichen Sie mit Ihren beiden Händen den nicht vorhandenen Schnee in Richtung Rückenmitte.

Das reicht sicher aus. Dann wollen wir die Kugel nun rollen ...

Beginnen Sie, mit einer geöffneten Handinnenfläche von der Mitte aus gleichmäßig über den Rücken zu kreisen.

Die Kugel wird immer größer ...

Nehmen Sie den Tennisball und kugeln Sie diesen sanft kreuz und quer über den Rücken.

Das reicht für den Schneemannkörper aus. Es fehlt noch eine kleine Kugel für den Kopf ...

Die Bewegungen der ersten »Kugel« nacheinander, aber diesmal nicht so ausgiebig wiederholen.

Dem Schneemann fehlt noch das Gesicht. Hier liegen ein paar Steine und ein kleiner Ast, damit bekommt der weiße Kerl Augen, Mund und eine lange Nase.

Tun Sie so, als würden Sie mit dem Zeigefinger die Steine und den Ast als Gesicht in den Schneemann drücken.

Komm, wir tanzen um den Schneemann herum. So können wir den Schneemann von allen Seiten aus sehen und uns wird schön warm ...

Trommeln Sie vorsichtig in einem beschwingten Rhythmus auf dem Rücken des liegenden Kindes herum.

Weißt du was? Jetzt nehmen wir unseren Schlitten und fahren damit bis nach Hause vor unser Gartentor ...

Legen Sie beide Hände an die Schultern des Kindes und streichen Sie kräftig von oben in Richtung Po hinunter. Führen Sie dieses Ausstreichen des Rückens mehrmals nacheinander in gleichmäßigem Tempo durch.

Angekommen! Wir sind wieder zu Hause. War das ein toller Nachmittag im Schnee! Jetzt gehen wir rein und machen es uns gemütlich ...

Bitten Sie das Kind, sich zum Abschluss der Massage kräftig zu recken und zu strecken.

Ein kleiner Tipp

Liegt bei Ihnen gerade Schnee? Wie wäre es mit einer kleinen Schneeballschlacht im Garten? Oder wenn Ihr Kind es lieber gemütlich hat, kochen Sie warmen Kakao und lesen bei Weihnachtsplätzchen und Kakao ein Weihnachtsmärchen oder eine Fantasiereise, wie Sie sie im Kapitel Winterzauber ab Seite 19 finden..

Schneebilder

Das wird gebraucht

Pro Kind ein kleines Kissen und eine Decke oder Matte, eventuell ein flaches Kissen.

So geht's

> Das Kind legt sich mit dem Bauch nach unten auf die Decke oder Matte. Wenn es das wünscht, kann der Kopf auf ein möglichst flaches Kissen gebettet werden.

Schließe nun deine Augen und spüre einen Moment lang, wie du ganz ruhig und entspannt daliegst ...

> Eine kleine Pause machen, sodass sich das Kind auf die Massage einstimmen kann.

Dann stell dir doch einmal vor, dein Rücken ist voller Schnee. Viele weiße Schneeflocken sind daraufgerieselt und haben deinen Körper mit Schnee bedeckt. Das Schönste daran ist, man kann tolle Bilder in den Schnee malen. Ich habe da auch schon eine Idee. Pass gut auf und versuch zu spüren, was ich in den Schnee male ...

Malen Sie am besten mit dem Zeigefinger ein einfaches Motiv auf den Rücken. Bei jüngeren Kindern sollten Sie ganz eindeutige Formen nehmen wie beispielsweise einen Kreis, ein Kreuz, ein Quadrat, einen Punkt. Ältere Kinder, die schon einige Erfahrung mit dieser Übung haben, können auch eine Sonne, einen Mond hinter einer Wolke o.ä. auf den Rücken bekommen.

Hast du erraten, welches Bild man nun im Schnee entdecken kann?

Lassen Sie sich die Antwort des Kindes mitteilen.

Soll ich noch etwas anderes malen? Okay, dann streiche ich den Schnee mit der Hand mal wieder schön glatt, damit man das Bild auch erkennen kann!

Mit der flachen Hand über den gesamten Rücken streichen.

Na, dann geht's los! Achtung, aufgepasst, ich fang an zu malen ...

Wenn das Kind Lust hat, können Sie so oft neue Bilder malen, wie es möchte. Manche Kinder genießen das Malen auf ihrem Rücken so sehr, dass es eigentlich gar nicht mehr so darauf ankommt, was nun gemalt wird, sondern auf die Bewegungen. Sie können also auch eine ausgedehnte Schneelandschaft mit Schneewolken, Schneeflocken, Tannenbäumen, einem Haus und einem Schneemann auf den Rücken zeichnen, wenn das Kind dies gerne mag.

Variante der Massage

Anstatt nur Bilder in den Schnee oder auf den Rücken zu malen, könnte man auch Tiere durch den Schnee spazieren lassen: einen kleinen Vogel, der durch den Schnee hüpft und am Boden nach Körnern pickt, oder einen kleinen Hasen, der munter im Schnee herumhoppelt ... Fragen Sie die Kinder, welche Tiere sie im Schnee noch besuchen möchten, und machen Sie dazu mit Ihren Händen die Bewegungen der entsprechenden Tiere möglichst passend nach.

Ein kleiner Tipp

Wechseln Sie sich bei dieser einfachen Massageübung ab und lassen Sie auch das Kind einmal ans Werk gehen. Kinder finden sehr großen Gefallen daran, auf dem Rücken eines Erwachsenen oder anderer Kinder zu »malen«. Man kann diese Übung natürlich auch im Sitzen machen.

Wir schmücken den Weihnachtsbaum

Das wird gebraucht

Pro Kind eine Decke und eventuell ein kleines, flaches Kissen.

So geht's

Breiten Sie die Decke am Boden aus. Das Kind legt sich mit dem Bauch nach unten auf die Decke. Sie setzen sich bequem daneben.

Weihnachten ist nicht mehr weit! Und deshalb wird es höchste Zeit, den Weihnachtsbaum aufzustellen und zu schmücken. Als Erstes sägen wir den Baum zurecht, damit er auch in den Ständer passt ...

Mit den beiden Handkanten wird in entgegengesetzter Richtung auf dem Rücken »gesägt« bzw. zügig hin und her gerieben. Dabei beginnt man an den Schultern und wandert nach und nach den Rücken entlang hinunter bis zum Kreuzbein.

Das wäre schon mal geschafft. Jetzt muss der Baum in den Ständer hineingestellt werden. Dabei wird der Weihnachtsbaum leicht hin und her gedreht, damit er in die Öffnung des Weihnachtsbaumständers hineinrutscht ...

Beginnen Sie wieder an den Schultern. Am besten setzen Sie sich seitlich neben das liegende Kind, sodass es quer vor Ihnen liegt. Dann legen Sie beide Handflächen auf seinen Rücken und schaukeln das Kind mit leichtem Druck hin und her. Legen Sie Ihre Hände nach und nach immer ein Stückchen tiefer, bis Sie schließlich bei den Füßen angelangt sind und diese hin und her bewegen. Dies ist übrigens eine sehr schöne Bewegung, die die Kinder genießen werden.

Jetzt steht der Baum sicher und fest. Nun muss er noch geschmückt werden. Aber vorher streich ich noch einmal über seine Tannenzweige ...

Streicheln Sie mit den geöffneten Handinnenflächen den Körper des Kindes ganz liebevoll durch. Lassen Sie keine Stelle aus, es sei denn, das Kind wünscht es so.

Jetzt kommen die bunten Weihnachtskugeln an den Baum ...

Malen Sie mit Ihrem Finger kleine und große Kreise auf den Körper des liegenden Kindes: Arme, Schultern, Rücken, Po, Beine – alles darf hierbei mit einbezogen werden.

Wie schön der Baum schon aussieht und wie die Kugeln glänzen! In diesem Jahr bekommt der Weihnachtsbaum auch noch etwas Lametta über seine Zweige ...

»Malen« Sie mit einem oder mehreren Fingern dünne und dicke Striche auf den Kinderkörper.

Und so steht der Weihnachtsbaum prächtig geschmückt im Wohnzimmer. Er steht stolz und glänzend da und genießt die angenehme Wärme hier ...

Reiben Sie Ihre Handflächen kräftig aneinander und legen Ihre warmen Hände dann auf eine Stelle des Körpers, beispielsweise die Schultern, und lassen Sie sie dort eine Weile ruhen, bis Sie meinen, die Wärme würde nicht mehr richtig strömen. Dann wiederholen Sie das Reiben der Hände und legen die Hände an eine andere Stelle. Lassen Sie ruhig viele Stellen des Körpers die Wärme spüren. Für die Kinder ist dies erfahrungsgemäß sehr wohltuend und angenehm, weil sie sich durch diese Berührungen ganz geborgen und sicher fühlen und zudem eine große innere Ruhe einkehrt. Lassen Sie das Kind anschließend noch eine Weile in seinen Körper spüren und beenden Sie die Übung anschließend. Soll das Kind danach einschlafen, decken Sie es einfach zu und das Zurücknehmen entfällt.

Ein kleiner Tipp

Wenn die Kinder noch eigene Ideen haben, was alles am Baum aufgehängt und wie dieser geschmückt werden soll, können Sie das ruhig in der Massage mit aufgreifen und gemeinsam ausprobieren und überlegen, wie man dies als Bewegung umsetzen kann.

Wie lang dauert's noch?

Spielideen für Ungeduldige

Die Tage bis zum Weihnachtsfest sind oft lang und die Spannung und Ungeduld ist für Kinder nicht so leicht auszuhalten, zumal die Kaufhäuser jedes Jahr früher mit dem Dekorieren beginnen und die Schokoladenweihnachtsmänner schon Anfang November in den Supermärkten stehen.

Auf den folgenden Seiten finden Sie Tipps, wie Sie den Kindern die Zeit auf entspannte Art verkürzen können: Bastel- und Beschäftigungsvorschläge und vor allem Ideen, wie man in der Winter- und Weihnachtszeit schöne, gemütliche Stunden verbringen kann, die Kindern und Erwachsenen Spaß machen.

Adventskalender XXL

Oft werden Kinder zu Weihnachten mit Geschenken regelrecht überschüttet. Deshalb gibt es bei uns hin und wieder mal einen Adventskalender XXL. Das heißt, an Weihnachten selbst bekommen die Kinder von uns keine Geschenke, da aus der Verwandtschaft schon genug geschenkt wird. Stattdessen ist unser Adventskalender mit einigen »größeren« Überraschungen gefüllt, zum Beispiel mit Seifenblasenfläschchen, Stiften, Flummis, Murmeln, Perlen zum Fädeln, einem kleinen Spiel, einem Malbuch, Bastelkleber etc. – Kleinigkeiten, die bei Kindern immer gern gesehen sind und die sie gut brauchen können.

Natürlich kann man einen solchen Adventskalender auch mit einigen tollen Gutscheinen füllen, wie beispielsweise für einen Nachmittag, an dem gemeinsam Plätzchen gebacken werden, einen netten Familienabend auf dem Weihnachtsmarkt.

Wie lange noch?

Das wird gebraucht

Ein Bogen Tonkarton, eine Schere, ein Stift, ein Lineal, ein Hammer und ein Nagel.

So geht's

Vom Tonkarton schneidet man einen möglichst langen, etwa 15 Zentimeter breiten Streifen ab. Dieser Streifen wird untereinander in 24 gleich große Kästchen unterteilt und die Ziffern von 1 bis 24 werden von oben nach unten entsprechend eingetragen. Den Streifen anschließend am besten mit einem Nagel im Kinderzimmer oder Gruppenraum an der Wand befestigen.

So dürfen die Kinder jeden Morgen am Tagesbeginn ein ganzes Kästchen vom unteren Ende des Kalenders abschneiden und wissen immer sofort, wie oft sie noch schlafen müssen, bis endlich der 24. Dezember da ist.

Ein kleiner Tipp

Wenn die Kinder gerne basteln, kann man den Kalender entsprechend bunt und abwechslungsreich gestalten. Sie können beispielsweise kleine Bilder oder Symbole in die Kästchen der Zahlen malen, diese mit Stoffresten bekleben oder mit getrockneten Orangenscheiben, Nelken, Sternanis, gepressten Blättern o. Ä. schmücken. Die Kinder können ihrer Fantasie freien Lauf lassen.

Übrigens, das Ausschmücken und Gestalten dieses Kalenders verkürzt die Zeit bis zum Weihnachtsabend ebenfalls!

Ein Kalender für Ungeduldige

Das wird gebraucht

Ein bunter Bogen Tonkarton, Stifte, ein Locher, ein Stück Kordel, ein Nagel, ein Hammer und allerhand Ideen.

So geht's

Diese Kalenderidee ist ein wirklich schöner Zeitvertreib für die ganze Familie. Am besten stellen Sie ihn an einem gemütlichen Wochenende oder einem ruhigen Tag Ende November gemeinsam her. Das macht nicht nur mehr Spaß, sondern wird auch mehr Ideen mit sich bringen. Ein bunter Bogen Tonkarton wird am schmaleren Ende gelocht. Durch die beiden Löcher zieht man ein Stück Kordel oder Geschenkband und hängt den Bogen daran später an einen Nagel. Am besten platziert man diesen Kalender dort, wo er für alle zugänglich ist und stets ins Auge fällt, beispielsweise am Esstisch, an der Garderobe oder der Haustür.

Nun wird der Kalender in zwei Spalten unterteilt. Auf die linke Seite kommen die Zahlen von 1 bis 24, die alle Tage im Dezember darstellen. Auf der rechten Seite daneben sammelt man allerhand Dinge, Aufgaben oder auch Unternehmungen, die an den jeweiligen Tagen erledigt werden sollen. Das könnte beispielsweise folgendermaßen aussehen:

1. Dezember	Plätzchen backen: Zimtsterne und Berliner Brot
2. Dezember	Liste schreiben, wer alles Weihnachtspost bekommt

3. Dezember	Wir basteln Weihnachtskarten und erledigen die Post
4. Dezember	Wir gehen zusammen auf den Weihnachtsmarkt
5. Dezember	Heute machen wir es uns gemütlich und lesen
6. Dezember	Weil heute Nikolaus ist, gehen wir zusammen ins Marionettentheater
7. Dezember	Wir bedrucken Geschenkpapier

8. Dezember	Heute laden wir Oma und Opa zum Plätzchenessen ein
9. Dezember	Am Nachmittag basteln wir ein Gewürzmemory
10. Dezember	Wir backen ein Pfefferkuchenhaus
11. Dezember	Heute gehen wir Schlittschuhlaufen

Und so weiter ...

Außerdem könnte man auch folgende Dinge darin eintragen: Geschenke verpacken, Geschenkanhänger basteln, Tisch- oder Baumschmuck zusammen basteln, ein gemütlicher Nachmittag bei Kakao und Plätzchen, an dem Weihnachtsgeschichten erzählt werden oder sich alle ein lustiges Gedicht ausdenken. Ein Weihnachtsmenü für Heiligabend entwerfen, zu dem man gemeinsam eine tolle Speisekarte bastelt ... Wer hat noch mehr Ideen?

Ein kleiner Tipp

Man sollte diesen Kalender möglichst abwechslungsreich gestalten und nicht nur »Pflichten« eintragen, die bis Heiligabend erledigt werden müssen, sondern auch gemeinsame Unternehmungen, die Spaß machen und bei denen man als Familie oder als Gruppe die Vorweihnachtszeit richtig genießen kann!

Wie es damals war

Das wird gebraucht

Eventuell alte Fotos und Fotoalben.

So geht's

Nehmen Sie sich doch einmal Zeit, um es sich gemeinsam gemütlich zu machen. Bei heißem Kakao mit Sahne und selbst gebackenen Waffeln hat man Ruhe zum Plaudern. Und was gibt es dabei für ein spannenderes Thema als Weihnachten? Graben Sie mal in Ihren Erinnerungen: Wie war es damals, als Sie noch Kind waren? Sicherlich gibt es davon noch den einen oder anderen Schnappschuss, ein spannendes oder lustiges Erlebnis. Erinnern Sie sich an Ihre erste Begegnung mit dem Nikolaus?

Ebenso könnten Sie mit den Kindern an die letzten Weihnachtsfeste zurückdenken. Wer bekam was geschenkt? Was wurde gegessen – kann sich noch jemand daran erinnern? Gab es etwas besonders Lustiges, was an Weihnachten passiert ist? Haben wir jemanden besucht oder waren Gäste bei uns? Gab es Schnee?

Ein kleiner Tipp

Laden Sie doch die Großeltern zu diesem weihnachtlichen Beisammen sein ein. Sicherlich haben diese noch ganz andere Dinge von Weihnachten zu ihrer Zeit zu berichten.

Und für Kinder ist es immer eine spannende Sache zu erfahren, wie es damals war ...

Was wünscht ihr euch?

Das wird gebraucht

Kein Material nötig.

So geht's

Setzen Sie sich in gemütlicher Runde zusammen. Dann dürfen der Reihe nach alle erzählen, was sie sich zu Weihnachten wünschen. Vielleicht hat der eine oder die andere ja auch Lust zu erklären, warum es gerade dieses Geschenk sein soll und was man damit alles machen kann. Im Anschluss kann man dann das altbekannte Spiel »Ich packe meinen Koffer« entsprechend abwandeln:

Finja sagt: »Ich wünsche mir zu Weihnachten einen Roller. «

Pina sagt: »Finja wünscht sich zu Weihnachten einen Roller und ich wünsche mir zu Weihnachten ein Paar Rollschuhe.«

Nele sagt: »Finja wünscht sich zu Weihnachten einen Roller, Pina möchte ein Paar Rollschuhe und ich wünsche mir einen tollen Teddybären ...«

Da gerade Kinder meist viele Wünsche haben, kann man das Spiel beliebig erweitern und so viele Runden spielen, wie das Erinnerungsvermögen reicht ...

Ein kleiner Tipp

Basteln Sie doch eine gemeinsame Collage, auf der zu sehen ist, wer sich was wünscht. So haben Sie eine nette Dekoration und werden immer an die Wünsche der anderen erinnert. Das ist auch hilfreich, wenn die Verwandtschaft fragt, was sich die Kinder wünschen. Man braucht in dem Fall nicht lang nachzudenken, sondern wirft nur einen schnellen Blick auf diese Wunschzettel-Familiencollage!

Ein etwas anderer Adventskalender

Das wird gebraucht

Ein selbst gebastelter Adventskalender mit 24 Türchen, Säckchen, Schachteln oder Päckchen, in die man Zettel hineinstecken kann.

So geht's

Wie wäre es in diesem Jahr mal mit einem etwas anderen Adventskalender, einem für die ganze Familie? Die Anzahl der Familienmitglieder wird durch 24 geteilt und jeder darf jedes andere Familienmitglied mit einer Kleinigkeit beglücken.

Dabei müssen nicht immer Geschenke oder Süßigkeiten in dem Kalender versteckt werden. Viel interessanter sind ausgefallene Sachen. Zum Beispiel schenkt Saskia ihrer Mama am 3. Dezember einen Zettel, auf dem steht: »Heute helfe ich beim Spülen und trockne alles ab!«

Am 6. Dezember ist Papa an der Reihe und weil heute ein ganz besonderer Tag ist – nämlich Nikolaus –, ist ein gemalter Gutschein in dem Kalender, auf dem Papa mit goldenen Buchstaben geschrieben hat: »Heute Abend lade ich euch ins Pfannkuchenhaus ein!«

Florian hat am 10. Dezember seiner Schwester einen Stein bunt angemalt, den er auf dem letzten Wochenendspaziergang gefunden hat.

Und Mama schlägt in dem Adventskalendertürchen vor, das für die ganze Familie bestimmt ist: »Sollen wir heute Waffeln backen? Dann bereite ich ein schönes Adventskaffeetrinken vor. Lasst euch überraschen!«

Natürlich kann man der Familie auch vorschlagen, einen kleinen Spaziergang durch den winterlichen Wald zu machen oder das Abendessen alleine vorzubereiten. Die Eltern können sich für die Kinder ein eigenes Kasperletheaterstück ausdenken oder die Kinder zu einer richtig tollen Badewannenparty einladen, bei der ausnahmsweise einmal viel gespritzt und mit riesig großen Schaumbergen gebadet werden darf …

Ein kleiner Tipp

Schauen Sie beim Vorbereiten auf Ihren Kalender und sprechen mit den Kindern im Vorfeld wichtige Termine ab. Beispielsweise hat es wenig Sinn, die Kinder ins Kasperletheater einzuladen, wenn an diesem Tag gerade die Weihnachtsfeier im Kindergarten oder Adventssingen in der Schule stattfindet.

Kommt, wir machen was zusammen!

Das wird gebraucht

Viele Ideen, ein Blatt Papier und ein Stift.

So geht's

Die Zeit bis zum Heiligabend kann gerade für Kinder unendlich lange werden. Wie wäre es denn mit einem gemütlichen Familienkaffeeklatsch, bei dem man sich mit einem Zettel und Stift zusammensetzt und gemeinsam überlegt, was man vor Weihnachten noch alles unbedingt machen möchte? Sicherlich kommen dabei eine ganze Menge toller Ideen zusammen.
Leandra wünscht sich unbedingt, vor Weihnachten einmal mit der ganzen Familie Schlittschuhfahren zu gehen. Lukas möchte in diesem

Jahr auf jeden Fall ein Lebkuchenhaus selbst backen und verzieren. Jurina mag auf keinen Fall auf das Plätzchenbacken verzichten, weil sie nichts lieber tut, als Teig zu naschen und tolle Figuren aus dem Teig auszustechen. Papa schlägt vor, mal einen anderen Weihnachtsmarkt als den in der eigenen Stadt anzuschauen, und Mama bittet in diesem Jahr alle mitzuhelfen, Weihnachtspostkarten zu basteln und zu schreiben.

Und so wächst die Liste nach und nach, weil eine Idee zur anderen kommt. Sicherlich können auch lästige Dinge auf die Liste kommen, die keiner gerne tut, die aber nicht so anstrengen, wenn alle tatkräftig mithelfen; zum Beispiel der große »Weihnachtsputz« vor Heiligabend.

Ein kleiner Tipp

Ein netter Zeitvertreib, der das Warten versüßt, wäre es, diese Liste noch einmal ordentlich – ggf. auch sortiert – abzuschreiben und auf einen Bogen bunten Tonkarton zu kleben, den alle Familienmitglieder weihnachtlich schmücken, bemalen, bekleben und nach Herzenslust verzieren können.

Wenn man diese bunte Liste dann gut sichtbar in der Wohnung platziert, kommt vor Weihnachten bestimmt niemals Langeweile auf, weil darauf -zig interessante Sachen zu finden sind, die man gemeinsam oder zum Teil sicherlich auch alleine machen kann.

Mandala

Das wird gebraucht

Um ein Mandala zu legen, eignet sich eigentlich fast alles: Naturmaterialien, kleine Spielsachen, Dekomaterial usw. Wer es besonders weihnachtlich haben möchte, kann das Material auf Dinge wie Zimtstangen, Sternanis, Tannenzapfen, Federn, Kastanien, Blätter, Glasnuggets, Steine, Muscheln, bunte Bänder, Weihnachtskugeln, kleine Äpfel oder Strohsterne beschränken.

Außerdem braucht man noch eine Kerze, den Adventskranz oder ein Teelicht, dazu ein großes Tuch, eingefärbtes Bettlaken oder eine möglichst einfarbige Tischdecke, einen Kassettenrekorder und klassische oder meditative Musik.

So geht's

Hier eine tolle Idee für das nächste Adventswochenende, an dem die Familie beisammen ist und es sich gemütlich macht, oder einen schönen Vormittag im Kindergarten. Gemeinsam könnte man die vorweihnachtliche Zeit dazu nutzen, ein Mandala zu legen.
Auf dem Boden breitet man das Tuch oder Laken aus und legt die verschiedenen Materialien um die Decke herum, sodass jeder darankommt und sich von den Sachen nehmen kann. In der Mitte wird eine Kerze, ein Adventskranz oder auch einfach nur ein Teelicht angezündet.

Dann wird die Musik leise angemacht und alle sind ganz still. Mit Hilfe der Materialien legt man um diese leuchtende Mitte herum mit den unterschiedlichen Dingen ein Mandala. Das braucht nicht besonders kunstvoll zu sein, schön wird es auf jeden Fall. Jeder legt sich die Materialien so, wie er es gerne mag. Das kann beispielsweise ein Muster sein, ein Stern oder auch einfach nur verschiedene Dinge nebeneinander.

Ein kleiner Tipp

Dieses Mandala sollte man unbedingt fotografieren! Ganz spannend ist es übrigens, solch ein Mandala einige Zeit darauf noch einmal zu machen. Denn es kommt jedes Mal etwas ganz anderes dabei heraus. Und je öfter man solche Mandalas legt, desto harmonischer wird das Ganze.

Kerzenschein und Lichterglanz

Ideen rund um Kerzen und Lichter

Was wäre die Winterzeit ohne Kerzenschein und Lichterglanz? Und damit in diesem Jahr alles ganz besonders schön im Licht der brennenden Kerzen und Lichter strahlt, habe ich in diesem Kapitel Gestaltungs- und Dekorationsideen gesammelt, die so leicht zu basteln sind, dass die Kinder fast ganz alleine werkeln können. Doch nun nichts wie los! Lassen Sie die Kerzen glitzern und funkeln ...

Tipp zum Dekorieren

Im Dezember – bei manchen auch schon eher – wird das ganze Haus weihnachtlich geschmückt mit kleinen Nikoläusen, Engeln, einem schönen Adventskranz usw. Dies ist in der Regel sehr zeitaufwändig, doch nicht selten verschwindet diese liebevolle Dekoration ganz schnell nach Weihnachten: Alle Fenster wirken kahl und auch in den Räumen ist es dann richtiggehend »leer«. Vielleicht überlegen Sie vorab, ob sich statt einer weihnachtlichen nicht auch eine allgemeinere winterliche Dekoration eignen würde: Schneeflöckchen, Eiskristalle, Lichterketten, die auch über die Adventszeit hinaus die Wohnung und die Fenster schmücken. Schließlich sind funkelnde Lichter in der ganzen dunklen Winterzeit gern gesehen und nicht nur kurz vor Weihnachten. So lohnt es sich mit den Kindern zu basteln und man hat längere Zeit etwas davon ...

Leuchte mir, mein Stern

Das wird gebraucht

Gelbe Strohseide, eine Schere, eine Zackenschere, ein Stift, ein Klebestift, eine Lichterkette.

So geht's

Aus der gelben Strohseide werden mit Hilfe einer Schablone der Anzahl der Lichter entsprechend gelbe Kegel ausgeschnitten. Die Spitze kappen und den unteren Rand der Kegel dabei mit der Zackenschere schneiden, dann sieht das Ende aus wie Sternenzacken.

Anschließend die seitlichen Ränder mit etwas Klebstoff bestreichen und den Kegel um eines der Lichter wickeln und zusammenkleben, bis schließlich um jedes Birnchen der Lichterkette ein solch zackiger, gelber Kegel sitzt. Fertig ist die traumhaft schöne Lichterkette, die ein ganz warmes Licht im Raum verbreitet und sich hervorragend als weihnachtliche Dekoration eignet.

3.

Ein kleiner Tipp

Lichterketten gibt es in der Weihnachtszeit für wirklich wenig Geld und die Kinder können gut mithelfen, die Kegel auszuschneiden und zusammenzukleben. Somit eignet sich diese Sternenkette ideal als Weihnachtsgeschenk für Onkel, Tanten und andere Verwandte, zumal sie auch ziemlich schnell herzustellen ist.
Falls Sie mit nur einem Kind basteln oder die Geduld beim Basteln schnell nachlässt, suchen Sie eine Lichterkette mit weniger Birnchen aus, manchmal gibt es welche mit nur zehn Stück.

Sonne-Mond-und-Sterne-Lichterkette

Das wird gebraucht

Eine Lichterkette, ein Klebestift, eine Schere, evtl. Teppichmesser, gelbes Tonpapier, gelbes Transparentpapier, ein Stift.

So geht's

Pro Lämpchen der vorhandenen Lichterkette benötigt man jeweils zwei gleiche Motive, beispielsweise zwei Sterne. Diese schneidet man aus dem Tonpapier aus und ritzt das Innere des Sterns etwa 2 Zentimeter vom äußeren Rand entfernt aus. Hinter die Sterne wird dann flächendeckend gelbes Transparentpapier aufgeklebt.

Die beiden Innenseiten der Sterne anschließend am Rand so zusammenkleben, dass die Lampe der Lichterkette genau dazwischensteckt und den Stern erleuchten kann. Abwechselnd kann man dann Sonnen, Monde und Sterne an die Lichterkette kleben und hat eine ganz weihnachtliche Dekoration, die auch schon in der Laternenzeit hervorragend genutzt werden kann.

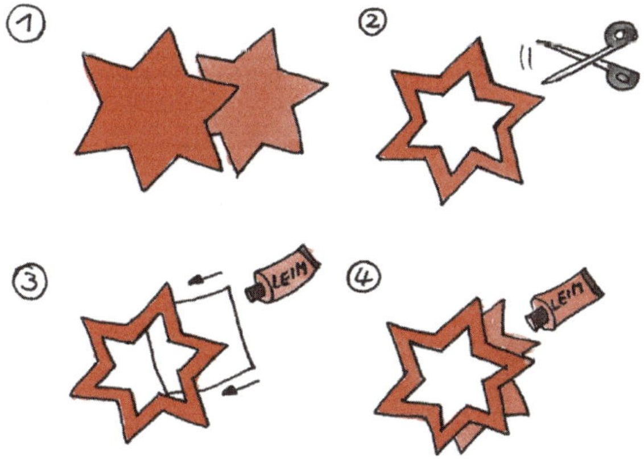

Ein kleiner Tipp

Wenn der Klebstoff nicht stark genug ist und man die Motive zu lange festhalten muss, können Sie auch mit einem Tacker oder einem Streifen Tesafilm nachhelfen. Das spart Zeit und Nerven, denn gerade Kinder haben meist nicht so viel Geduld.
Einfacher ist es übrigens, wenn man das Innere der Motive mit Hilfe eines scharfen Teppichmessers heraustrennt. In dem Fall allerdings sollten die Kinder nicht alleine mit dem Messer hantieren, sondern ausschließlich unter Aufsicht eines Erwachsenen.

Auch die Kinder helfen mit

Bei uns war es früher üblich, dass meine Schwester und ich zu Weihnachten eine Kleinigkeit für jeden aus der Verwandtschaft hatten. Das musste nichts Teures sein, sondern eine kleine Aufmerksamkeit als Dank sozusagen. Schließlich sind ja die Kinder an Weihnachten diejenigen, die die meisten Geschenke bekommen.

Inzwischen bin ich selbst Mutter von drei Kindern und auch wenn meine Töchter noch im Kindergartenalter sind, so helfen sie eifrig mit, für alle Geschenke zu basteln. Und meinen Töchtern ist es auch wichtig, selbst etwas als Geschenk überreichen zu können. Das können ganz simple, kinderleichte Sachen sein:

- ein selbst gemaltes Bild, hübsch eingerahmt,
- eine kleine Tüte mit selbst gebackener Plätzchen, die die Kinder ausgestochen haben,
- ein aus Marzipanrohmasse geformter Schneemann,
- eine mit Stoffmalstiften bemalte/bedruckte Stofftasche zum Einkaufen,
- ein gebastelter Stern oder eine kleine Tischlaterne, eine mit buntem Bienenwachs verzierte Kerze,
- selbst gestaltete Weihnachtskarten,
- Geschenkanhänger aus Salzteig,
- ein Bild aus Gewürzen.

Apfelkerze

Das wird gebraucht

Ein roter Apfel, ein Apfelausstecher, etwas Alufolie, eine weiße Kerze, rotes oder weißes Geschenkband, vielleicht etwas Tannengrün.

So geht's

Diese eigentlich ganz schlichte, aber sehr wirkungs- und stimmungsvolle Dekoration lässt sich folgendermaßen herstellen: Mit dem Apfelausstecher die Apfelmitte herausstechen und etwas Alufolie um das untere Ende der Kerze wickeln. Dann den Stiel des Tannengrüns ganz eng an das umwickelte Kerzenende legen und in die Apfelmitte stecken.

Wenn man nun noch mit Hilfe des Geschenkbandes eine schöne, dekorative Schleife um die Stelle bindet, an der die Kerze aus dem oberen Apfelende kommt, ist die leuchtende Tischdekoration perfekt.

Das Schönste daran ist, dass dieser Kerzenleuchter nicht nur toll aussieht, sondern im Handumdrehen fertig ist. Und nach dem weihnachtlichen Kaffeetrinken können ganz hungrige Gäste die Dekoration sogar aufessen ...

Ein kleiner Tipp

Wem diese lustigen, ausgefallenen Leuchter als Tischdekoration nicht ausreichen sollten, kann um die Äpfel herum noch eine Hand voll Nüsse streuen und ein paar Zimtstangen dazulegen. Somit hat man nicht nur eine schön aussehende Deko, sondern eine, die wunderbar weihnachtlich riecht.

In etwas durchsichtige Cellophanfolie verpackt, ist dieser Kerzenleuchter auch ein schönes Mitbringsel in der Adventszeit.

Tannengrün und Lichterglanz

Das wird gebraucht

Etwas Tannengrün, flüssiger Klebstoff, eventuell Stecknadeln, einige Zimtsterne, ein Teelicht, weiße Wellpappe und eine Schere.

So geht's

Diese Dekorationsidee eignet sich gut für die Fensterbank oder auch einen Tisch. Aus der Wellpappe einen kleinen Streifen schneiden, der genau so breit und lang ist, dass man ihn als dekorative Manschette um die Aluschale des Teelichtes kleben kann. Ist das Teelicht mit der Wellpappe verschönert, klebt man es möglichst gerade stehend auf den kleinen Tannenzweig. Um diesen grünen »Kerzenständer« noch etwas dekorativer zu gestalten, nimmt man einige Zimtsterne – das

dürfen ruhig gekaufte sein – und klebt sie mit ein wenig Klebstoff gleichmäßig auf das Tannengrün um das Teelicht.

Wer es nicht mag, mit Lebensmitteln zu basteln, kann die Zimtsterne auch mit Hilfe einer Stecknadel in das Tannengrün pieksen. So lassen sich die Zimtsterne noch gut verzehren, wenn die Dekoration ausgedient hat.

Ein kleiner Tipp

Eine ganz leichte und schnelle Variante dieser Dekorationsidee ist folgende: In einen fertig gekauften Adventskranz aus schlichtem Tannengrün werden vier weiße Kerzen gesteckt. Nun hier und da mit Hilfe von handelsüblichen Stecknadeln einige Zimtsterne in den Kranz pieksen. Das sieht wirklich pfiffig aus und kostet kaum Zeit noch Geld.

Leuchtende Gläser

Das wird gebraucht

Saubere Marmeladengläser oder andere Gläser mit glatter Oberfläche, ein Klebestift, eine Schere, Strohseide oder Bananenpapier und ein Teelicht.

So geht's

Diese Bastelidee ist kinderleicht, sodass auch jüngere Kinder sie fast ganz ohne Hilfe nachmachen können.

Die Strohseide oder das Bananenpapier wird in schmale Streifen geschnitten oder gerissen, die man möglichst dicht nebeneinander von außen an das Marmeladenglas klebt. Wenn der Kleber ganz trocken ist, stellt man in das geschmückte Glas ein brennendes Teelicht und hat ein schönes, weihnachtliches Licht für den Tisch oder die Fensterbank.

Beim Bekleben der Gläser sind der Fantasie keinerlei Grenzen gesetzt. Man kann sie mehrfarbig bekleben und wie ein buntes Mosaik aus kleinen Schnipseln zusammensetzen. Man kann die Streifen aus Strohseide reißen und so ans Glas kleben, dass es aussieht wie ein kleines Feuer.

Oder man schneidet das Material so zurecht, dass das Stück Papier einmal ganz um das Glas herum passt. Das leuchtet auch ganz toll. In dem Fall könnte man darauf noch kleine aus Goldpapier geschnittene Sterne und einen Mond kleben. Mit Sicherheit haben auch die Kinder noch eigene Ideen, wie man diese leuchtenden Gläser gestalten und bekleben könnte.

Ein kleiner Tipp

Übrigens, wenn Ihnen Strohseide oder Bananenpapier zum Basteln zu teuer sein sollte, können Sie auch ganz einfach auf Seiden- oder Transparentpapier zurückgreifen. Die Strohseide sieht nur etwas edler, das Bananenpapier etwas ungewöhnlicher aus.

Bunte Teelichter

Das wird gebraucht

Leere Aluschalen von abgebrannten Teelichtern, Kerzendocht, allerhand Kerzenreste – die können ruhig kunterbunt sein –, eine Schere, ein alter Topf und eine Gabel sowie eine hitzebeständige Unterlage (ein Korkuntersetzer o.Ä.), evtl. Wäscheklammern.

So geht's

Die leeren Aluschalen werden von Wachsresten befreit. Dann gibt man die vorhandenen Kerzenreste in einen alten Topf und erhitzt diese langsam, bis das Wachs ganz flüssig ist. Vorsicht: Das Wachs darf nicht zu heiß werden, sonst fängt es zu brennen an!

Ist das Wachs ganz geschmolzen, fischt man mit Hilfe der Gabel die darin schwimmenden Dochte heraus. Auch hierbei ist Vorsicht geboten. Lassen Sie die Kinder besser nicht mithelfen, weil die Gefahr zu groß ist, dass sie sich am heißen Wachs verbrennen! Nehmen Sie jetzt den Topf vom Herd und lassen das Wachs eine Zeit lang abkühlen.

In der Zwischenzeit schneiden Sie den Docht für die neuen Teelichter zurecht. Danach wird das leicht ausgekühlte Wachs in die Teelichtschalen gegossen und in jedes Teelicht ein Docht gesteckt. Wer keine Lust hat, den Docht eine Weile festzuhalten, bis er in der Mitte hält, kann eine Wäscheklammer daran befestigen, sodass sie auf dem Teelicht aufliegt und nicht umkippt. Nach einiger Zeit ist das Wachs dann wieder hart und fertig sind die bunten, selbst gemachten Teelichter.

Ein kleiner Tipp

Selbst gemachte Teelichter lassen sich immer gut verschenken. Besonders schön sieht es aus, wenn man aus goldenem Tonkarton einen Stern ausschneidet, das Teelicht in die Sternmitte klebt und diesen weihnachtlichen Gruß noch hübsch verpackt. Über Kerzen freut sich jeder in der Weihnachtszeit – vor allem, wenn sie selbst gemacht sind.

Mandelherz und Knuspertaler

Leckere, kinderleichte Rezepte

Kinder lieben es, in der Vorweihnachtszeit Plätzchen zu backen, vom köstlichen Teig zu naschen, ihre Nasen tief in nach Vanille duftende Plätzchendosen zu stecken und die selbst gebackenen Kekse zu probieren. Schließlich schmecken die noch warmen Plätzchen am allerbesten – besonders wenn man sie selbst gebacken hat.

Weihnachtsbackstube

Weihnachtszeit ist Plätzchenzeit. Wie schön ist es, wenn der Geruch von frisch gebackenen Plätzchen oder Weihnachtsstollen durchs ganze Haus zieht ... Aber so manch einer denkt (mich eingeschlossen!): Je mehr Sorten, desto besser. Dann steht man tagelang in der Küche, knetet, rollt und sticht Plätzchen aus und am Schluss riecht man vor lauter Plätzchenduft eigentlich nichts mehr, der Rücken tut weh, und viel Zeit hat man auch investiert.

Bei meiner Schwiegermutter ist es seit Jahren Tradition, dass Ende November mit einer guten Freundin gebacken wird. Dazu bereitet jede der beiden einige Sorten Plätzchenteig vor und anschließend wird gemeinsam gebacken. Am Schluss werden die Plätzchen aufgeteilt. Eine gute Idee, denn zu zweit geht es schneller und es macht mehr Spaß. Zudem ist dieses Plätzchenbacken bei allen aus der näheren Verwandtschaft so beliebt geworden, dass sich das Haus jedes Jahr mit Besuchern und kleinen Plätzchendieben füllt!

Eine andere Möglichkeit: Sprechen Sie sich mit einer Nachbarin oder guten Freundin ab. Jede von Ihnen backt zwei Sorten Plätzchen und gibt jeweils die Hälfte ab. Schon hat man insgesamt vier Sorten statt zwei.

Marzipantaler

Zutaten

1 Päckchen Marzipanrohmasse (200 g), 350 g weiche Margarine, 100 g Zucker, 1 Päckchen Vanillezucker, 500 g Mehl, 1 Eigelb, 3 gehäufte EL dunkler Kakao, eventuell einige Tropfen Bittermandel, Frischhaltefolie.

So geht's

Das Marzipan wird mit dem Fett, dem Zucker, dem Vanillezucker, dem Mehl und dem Eigelb zusammengeknetet. Den Teigklumpen teilen und unter eine der beiden Hälften den Kakao und nach Bedarf ei-

nige Tropfen Bittermandel rühren. Den hellen und den dunklen Teig verknetet man leicht ineinander, sodass der Teig sich verbindet bzw. vermischt. Dann kleinere Teigrollen daraus rollen, die einen Durchmesser von ca. 4 Zentimeter haben, und diese Rollen in Frischhaltefolie wickeln. So verpackt kommen sie am besten für ca. 30 Minuten ins Gefrierfach. Denn je härter diese Plätzchenteigrollen sind, desto einfach lassen sie sich als schöne runde Taler abschneiden.

Sind die Teigrollen leicht gefroren und fest genug, können die Kinder fast ohne Hilfe dünne Taler von den Teigrollen abschneiden und diese auf ein gefettetes oder mit Backpapier ausgelegtes Backblech legen. Anschließend werden die Marzipantaler bei 17 °C etwa 15 bis 20 Minuten gebacken, bis sie ganz leicht gebräunt sind.

Schokosterne

Zutaten

120 g geriebene Zartbitterkuvertüre, 300 g gemahlene Mandeln, 2 Eiweiß, 120 g Zucker, 1 gestrichener TL Zimt, ein Päckchen Vanillezucker sowie Zucker zum Ausrollen, Plätzchenausstecher in verschiedenen Sternformen und -größen.

So geht's

Zuerst die Kuvertüre ganz fein reiben, anschließend das Eiweiß ganz fest schlagen, den Zucker, den Vanillezucker und den Zimt hinzurühren. Zu guter Letzt noch die Schokoraspeln und die Mandeln darunter heben.

Dieser Teig schmeckt hervorragend, lässt sich aber nicht ganz so leicht verarbeiten. Deshalb werden die Kinder etwas Hilfestellung brauchen. Im Gegensatz zu sonstigen Plätzchenteigen wird dieser Teig auf normalem Haushaltszucker ausgerollt. Die Sterne am besten ganz eng aneinander ausstechen, da sich der Teig nur schwer mehrmals hintereinander neu ausrollen lässt. Die Sterne auf ein mit Backblech ausgelegtes Blech legen und bei etwa 170 °C ungefähr 15 Minuten backen.

Ein kleiner Tipp

Wem die Schokoladensterne noch nicht schokoladig genug sind, kann man sie auch mit dunkler oder weißer Schokoladenkuvertüre überziehen und mit weiteren Schokoraspeln bestreuen. Diese Sterne sind jedenfalls ein wahrer Genuss für alle Liebhaber von süßen Sachen und werden dementsprechend auch nicht allzu lange in irgendwelchen Plätzchendosen verweilen ...

Zitronenkekse

Zutaten

150 g Mehl, 125 g weiche Margarine, 4 EL Zucker, abgeriebene Schale von einer Zitrone, 1 Eigelb sowie etwa 150 g gesiebter Puderzucker, bunte Zuckerperlen und einige Löffel Zitronensaft.

So geht's

Aus Mehl, Fett, Zucker, Eigelb und Zitronenschale einen Teig kneten. Sollte dieser zu klebrig sein, gibt man einfach noch ein wenig Mehl dazu. Den Teig auf einer Unterlage oder einer bemehlten Arbeitsfläche ausrollen und die Kinder nach Belieben tolle Motive aus dem Zitronenteig ausstechen lassen.

Ist aller Teig zu weihnachtlichen Plätzchenmotiven verarbeitet, legt man die Plätzchen auf ein gefettetes Backblech und bäckt sie bei 175 °C etwa 12 Minuten. Nachdem die gebackenen Kekse leicht ausgekühlt sind (meist reicht die Zeit, in der man den Puderzucker mit Zitronensaft anrührt, aus), bestreicht man sie dünn mit dem vorbereiteten Zuckerguss und streut auf jedes Plätzchen einige bunte Zuckerperlen.

Wenn der Guss ganz getrocknet ist, bewahrt man die Kekse am besten in einer mit Alufolie ausgelegten Blechdose auf.

Ein kleiner Tipp

Der Zuckerguss sollte möglichst zähflüssig sein. Falls er Ihnen zu sauer erscheint, wenn Sie den Puderzucker ausschließlich mit Zitronensaft anrühren, kann man den Zitronensaft auch mit Wasser strecken. Dieses Rezept lässt sich übrigens auch ganz leicht in Orangenplätzchen umwandeln. Verwenden Sie anstatt der Zitronenschale einfach die Schale einer unbehandelten oder heiß abgewaschenen Orange und rühren Sie den Puderzuckerguss mit frisch gepresstem Orangensaft an – eine weihnachtliche Variante, die auch Kinder sehr gerne mögen!

Kleine Tannenbäume

Zutaten

150 g Zucker, 150 g Butter oder Margarine, 1 Päckchen Vanillezucker, 1 Ei, ca. 300 g Mehl, 1 EL Sahne sowie 1 Eigelb, 2 EL Sahne, Liebesperlen, Schokoladen- oder bunte Zuckerstreusel zum Verzieren, kleine Tannenbaumausstecher.

So geht's

Butter, Zucker, Vanillezucker, Ei, Mehl und den Esslöffel Sahne zu einem geschmeidigen Teig verkneten. Diesen auf etwas Mehl ausrollen und mit den kleinen Tannenbaumausstechern die Kekse ausstechen, die man auf das gefettete Blech legt.

Sind alle Tannenbäume fertig, das Eigelb mit der Sahne verrühren und die Kekse dünn damit bestreichen. Auf diese Schicht nach Belieben die Perlen oder Streusel streuen und die Tannenbäume anschließend bei 175 °C etwa 12 Minuten backen.

Ein kleiner Tipp

Diese kleinen bunten Tannenbäume schmecken nicht nur allen Kindern, sondern lassen sich auch – wenn man sie vor dem Backen mit einem kleinen Loch versieht – hervorragend als Baumschmuck oder essbare Geschenkanhänger verwenden.
Wie wäre es denn mit einem riesigen Tannenbaum, den man ggf. noch mit einem Namen versehen und in Folie eingepackt toll verschenken kann? Eine schöne, einfache Geschenkidee für Freunde und Verwandte.

Knuspertaler

Zutaten

50 g Butter, 180 g flüssiger Honig, 50 g gehackte Mandeln, 50 g gehackte Walnüsse (können auch durch Hasel- oder Erdnüsse ersetzt werden), 120 g feine Kokosraspeln, 250 g Mehl, 1 TL Lebkuchengewürzmischung, 1 Päckchen Vanillezucker, 1 Ei, etwa 125 g gehobelte Mandeln, Frischhaltefolie.

So geht's

Butter, Honig, Mehl, Ei und Gewürze zu einem Teig verrühren und zuletzt die gehackten Mandeln und Nüsse unterrühren.

Aus diesem festen, aber recht klebrigen Teig rollt man wie bei den Marzipantalern (Seite 147) kleine Teigrollen, die man in den gehobelten Mandeln wälzt und am besten in etwas Frischhaltefolie packt. Diese einige Zeit in das Gefrierfach legen, sodass sich die Teigrollen beim Schneiden nicht mehr verformen.

Ist der Teig hart, schneidet man die Taler in 0,5 Zentimeter dicke Scheiben und legt diese auf ein mit Backpapier ausgelegtes Backblech. Dann werden die knusprigen Honigtaler bei 180 °C etwa 15 Minuten lang gebacken.

Ein kleiner Tipp

Die gehackten Nussarten lassen sich beliebig miteinander austauschen. Lassen Sie die Kinder entscheiden, welche Nusssorten sie am liebsten mögen. Falls Sie das Rezept vollwertiger haben möchten, können Sie das Mehl auch problemlos gegen Vollkornmehl austauschen.

Nobody is perfect

Muss denn alles immer hundertprozentig sein? Schließlich möchte man die Weihnachtszeit doch genießen. Auch eine gekaufte Packung Lebkuchen und Weihnachtsgebäck schmeckt lecker und freut den Besuch. Es gibt inzwischen eine Vielzahl von leckeren tief gefrorenen Kuchen, Fertigsuppen, gekauftem Nachtisch o.Ä.
Das soll nicht heißen, dass ich ein Fan von solchen Sachen bin und mir die Ernährung egal ist. Aber muss denn bei einem großen Fünf-Gänge-Menü wirklich alles frisch und selbst zubereitet sein? Sicher können Sie hier oder da eine Alternative finden. Vielleicht wählen Sie Gerichte aus, die sich auch vorbereiten und dann nur noch in den Ofen schieben lassen ... Mehr Zeit und weniger Stress für Sie bedeutet schließlich mehr Spaß für alle.

Finger- und Bewegungsspiele, Kniereiter und Spielverse machen Spaß, vertreiben die Langeweile – und helfen gegen manchen Kummer.

96 Seiten, durchgehend vierfarbig

ISBN: 3-8112-2414-X

Kinder reimen gern und Erwachsene freuen sich, wenn die Kleinen ein Gedicht aufsagen. Hier finden Sie die schönsten Verse für jeden Anlass.

96 Seiten, durchgehend vierfarbig

ISBN-3-8112-2415-8

Eine kleine Massage kann Wunder bewirken, wenn Ihr Kind sich unwohl fühlt. Alle Griffe werden Schritt für Schritt erklärt. Außerdem erfahren Sie alles über die Wirkung von Musik, Farben und ätherischen Ölen.

128 Seiten, durchgehend vierfarbig

ISBN: 3-8112-2533-2